えっちゃん
Illust. KRN
崖っぷち令嬢は
破滅回避のため
ラスボスと結託する

アデライン・
ベルサリオ
ゲーム「君と紡ぐ恋の魔法」
の悪役令嬢。
ベルサリオ公爵家・長女。
“私”と魂が入れ替わった。
クラウス
闇ギルド「金狼」マスター。
最強・最凶のラスボス。

ヒュバード・アル・レストレンジ
レストレンジ王国・王太子。
レザード
ベルサリオ公爵家 執事
リナ・キムラ
「君と紡ぐ恋の魔法」のヒロイン。
異世界人。

印象が違っている。

皆、元のゲームとは

Contents

崖っぷち令嬢は破滅回避のためラスボスと結託する

えっちゃん

Illust. KRN

Gakeppuchi Reijou ha
hametsukaihi notame
Lasboss to kettaku suru.

プロローグ ◆ 巻き戻り七日目から始まる物語

レストレンジ王国王宮内に建つ、王子宮の庭園には多くの使用人と兵士達が集まっていた。

黒髪の男性に手を引かれ、馬車から降りた深紅色のドレスを着た銀髪の女性を無表情な使用人が出迎える。

「お待ちしておりました」

使用人に案内された庭園には、ガーデンテーブルと椅子が並べられ、テーブルの上には色とりどりのケーキと焼き菓子が並んでいた。

中央の席に座り、若い男性達に囲まれて楽しそうに笑っていた黒髪の少女は、使用人に先導されてやって来た女性に気が付き、会話を止めた。

笑顔から緊張の面持ちになる少女に耳打ちして、椅子から立ち上がった金髪の男性は笑みを消してやって来た女性の前へと向かった。

「遅かったな、アデライン」

「殿下、申し訳ありません。お父様からの火急の連絡への返信を書いていて遅くなりました。ですが、もう少し遅く来た方が良かったようですね」

「なんだと？」

嫌味に気が付いた殿下と呼ばれた男性は、眉根を寄せ不快感を露わにした表情で舌打ちをする。

返答はせずに男性の横をすり抜けたアデラインは、椅子に座っている少女に頭を下げた。

「大変お待たせして申し訳ありませんでした」

「……アデラインはリナの隣の席に座るように」

「嫌です。お断りします」

アデラインがきっぱりと断れば、リナと呼ばれた少女は目を丸くして、男性に取りすがる。

「ヒュ、ヒュバード様……」

「なんだと？　俺の言うことが聞けないのか？」

「ええ。お互い、苦手な相手の隣に座ったら苦痛でしょう。リナさんも同意見だと思いますよ。リナさん、そうでしょう？」

「えっ、わ、私は……」

アデラインと視線が合ったリナは、胸に手を当てて視線を左右に揺らした。

「くっ、これだから君のことが嫌いなんだ。いつも見下したような目で、生意気なことばかり言ってくれる。もう限界だ！」

握り締めていた手を開き、足を踏み鳴らしたヒュバードは勢い良くアデラインを指差す。

「アデライン・ベルサリオ！　この場をもって、君との婚約を破棄させてもらう！」

庭園中にヒュバードの大声が響き渡り、お茶の準備をしていた使用人達の動きが止まる。

（あら、〝今回は〟予定よりも早い婚約破棄宣言をしたわね）

前回と違い、椅子に座る前に婚約破棄を宣言されてしまい、ヒュバードを挑発した自覚のあるアデラインも僅かに眉を顰めた。

(まあいいわ。アデラインの中で〝私〟の意識が蘇って、時間が逆行してから七日目。やっと婚約破棄イベントまで来たわ。〝今回〟は、反撃させてもらうわよ)

横に立つ黒髪の男性に目配せして、アデラインは優雅に微笑んだ。

＊＊＊

ガタンッ!

電車が大きく揺れて、手摺に寄りかかり座席に座っていた、〝私〟は目蓋を開いた。

(はっ、いつの間にか寝ていた?)

周囲を見渡すと、電車に乗っているのは自分と若い男性二人組と中年男性だけ。

欠伸を堪えて扉の上に表示される駅名を確認すれば、次の停車駅は最寄り駅だった。

下車の準備をしようと、膝の上に載せて半分落ちかけていた通勤バッグを抱えて顔を上げると、向かいの硝子に映る自分の顔が見えた。

肩までの黒髪に黒目、薄い化粧をした顔はマスクで顔半分が隠れているとはいえ、目の下の濃

い隈と肌荒れのせいで疲れきっていると分かり、マスクをしていて良かったと心底思った。

『次は、●●駅～。お乗り換えのお客様は……』

最寄り駅に到着するアナウンスが流れ、停車した電車の扉からホームへ降りる。軽快な音楽と共に扉は閉まり、電車は終着駅を目指して動き出した。

肩にかけた通勤バッグに片手を入れ、パスケースとスマートフォンを取り出した〝私〟は、改札口へ向かって階段を上り出す。

（あーもう、遅くなっちゃった。０時にシークレットイベントが解禁になるのに！）

定時退社を目指していたのに、後輩がパソコン操作を間違えて重要なデータを消してしまった上にバックアップをとっていなかったため、残業することになったのだ。

仕事を増やしてくれた後輩が「体調が悪い」と言って先に帰ったと知ったのは、終業時間から一時間以上経った後だった。どうにか作業を終えて退社して電車へ飛び乗ったのだ。

（日付変更までに家に帰ってシークレットイベントを朝までやるんだ）

左手に持つスマートフォンのアプリを起動して、画面に表示されたのは可憐なヒロインと美形揃いの男子達が並ぶイラスト。その後方に小さく〝水色のドレス〟を着た悪役令嬢の姿もある。

親指を動かして、情報を配信しているＳＮＳの画面を見ながら、駆け足で階段を上る。

（へぇー条件を満たせばシークレットヒロインを……え？）

上の段に乗った右足がズルリと滑り、体が下方へ傾いていく。

スマートフォンの画面を注視して階段を上っていたせいで、落ちていたチラシに気が付けなかった。

「きゃあああー!?」

右手に持っていたパスケースが宙を舞い、目と口を大きく開いた驚愕の表情で〝私〟は階段の下へと吸い込まれていった。

男性の悲鳴が聞こえた直後、〝私〟の聴覚と触覚は消えていき……最後に見えたのはスマートフォンの画面。赤目の青年がこちらに向けて手を差し伸べているイラストだった。

（落ちるー!?　まだ楽しみにしていたシークレットイベントをやっていない！　こんなに悔いが残る最後なんて……絶対に……）

＊＊＊

「嫌よ！」

閉じていた目蓋を勢い良く開くと同時に、自分の叫び声で混濁していた意識が覚醒する。

早鐘を打つ心臓の鼓動を感じて、息苦しさで胸元を押さえた手の感触から今の自分が着ているのは、ブラウスではなく胸元が開きレースが付いた〝水色のドレス〟であることに気が付いた。

「ここは……」

口から出た声は自分とは違う声で、不思議に感じて唇に触れれば、荒れた唇とは違う潤いと張りのある感触がした。

石煉瓦で作られた部屋……円形の牢は、古びた絨毯が敷かれた上にベッド、壁際には椅子が置かれていた。

〝魔力を抑制する結界が張られている牢内〟を照らしているのは、弱々しい光が灯るランプと天井近くにある小さな窓からの月明かりのみ。

「〝わたくし〟は、何をしていたの？」

〝私〟ではなく〝わたくし〟と、違和感なく言った唇が震える。

（わたくし、どうして床の上に倒れていたの？　ここはどこ？　電車から降りて改札口に向かっている途中、階段から落ちたのに……あれ？　電車って、改札口？）

〝わたくし〟の記憶とこの世界にはない改札口、スマートフォンという単語。

馬車とは違う乗り物、電車という名の乗り物には乗ったことはないはず。階段を駆け上がるなんて、はしたない行動だと思っている自分もいて、混乱する。

（これはいったい？　気持ち悪い！）

突然、脳内に夢の中に出て来た黒髪黒目の女性の、今の〝わたくし〟以外の生々しい記憶が混じり合っていき、視界が歪む。

流れ込んで来るもう一人の自分＝〝私〟の記憶、その情報量の多さに耐えきれず目蓋を閉じれば、後頭部と全身に鈍痛が走った。

「い、痛い」

痛むこめかみに手を当てて閉じた目蓋を開き、不自然なくらい高い天井を見上げた。

「私は、誰？　私は、わたくしの名は、アデライン……アデライン・ベルサリオ？　ううっ」

床に手をついて上半身を起こし、眩暈と後頭部から腰に向かって走り抜けた痛みで呻いた。

震える両足に力を入れて立ち上がり、部屋の壁に取り付けられた鏡を覗き込む。

「この顔は……　〝君恋〟の意地悪な令嬢アデラインと一緒だわ」

埃でくすんだ鏡に映っていたのは、薄暗い部屋に唯一ある窓、天井近くにある小窓から射し込む月明かりを反射して輝く光の加減で藤色が混じったように見える銀色の髪、瑠璃色の瞳を持つ整った顔立ちの女性だった。

「嘘よ！　なんてことなの！」

悲鳴に近い声を上げたその顔は、電車の改札口に向かう階段を駆け上がっていた〝私〟が夢中になっていた、アプリゲーム【君と紡ぐ恋の魔法】のヒロインを虐める意地悪な公爵令嬢、アデライン・ベルサリオが驚いた時と同じ顔だった。

さらに、着ている水色のドレスにも見覚えがあると気が付き、震える両手で鏡面に触れる。

婚約者の王太子に近付くヒロインを虐め、毒入りのお茶を飲ませようとしたアデラインが断罪される場、王子宮で開かれたお茶会で彼女が着ていたドレスと同じものだった。

【君と紡ぐ恋の魔法】

黒髪黒目の女性だった〝私〟が楽しんでいた、携帯端末で楽しめるアプリゲームだ。

物語は一人の少女が、剣と魔法のファンタジーな世界・レストレンジ王国に異世界転移した場面から始まる。国境沿いの森を彷徨っていた少女は、異世界の迷い人として辺境伯に保護される。

その半年後、辺境伯の長男と一緒に王立学園へ入学したヒロインは、顔面偏差値と身分の高い男子生徒と知り合い、意地悪令嬢達から妨害されながら勉強と恋愛に勤しむことになる。

恋愛対象となるのは、王太子ヒュバード、宰相子息ブライアン、騎士団長子息カルロス、辺境伯子息サミュエル、アデラインの義弟エリックと執事のレザードの六人。

ゲームを盛り上げるための役目、ヒロインに嫌がらせや暗殺を企てて断罪される悪役令嬢、それがアデラインだ。

断罪後のアデラインの結末は、ヒロインを暗殺しようとした罪で斬首、または毒殺されるか、全ルートのラスボスとなる闇ギルド「金狼」のマスターに捨て駒扱いされて殺されるという、悲惨なものだった。唯一生存出来るのは、ヒロインが誰とも恋愛しない「お友達エンド」だけ。生存といっても、辺境の修道院送りだからハッピーエンドとはいえない。

(〝わたくし〟の記憶には、闇ギルドと関わった記憶はない。じゃあ、ラスボスに殺されることはないわね)

アデラインは闇ギルドにヒロインの殺害依頼をしたことで、ラスボスとなる闇ギルドマスターに捨て駒扱いで殺される。用済みとなれば、依頼人を切り捨てる冷酷非情な闇ギルドマスターは、メインビジュアルでは後ろ姿しか描かれておらず、ゲーム終盤にならなければ姿を現さない。彼は完全な敵役であり、攻略不可キャラだった。

「異世界転生？　憑依？　どうせならヒロインが良かったわ。今のアデラインは、王太子に断罪された後ね。ゲーム通りの流れならば斬首か毒殺、修道院送りなのかしら……」

　混乱する記憶を探ったアデラインは、自身が置かれている状況を理解して頭を抱えた。

「うう……」

　これまでの〝アデライン〟の記憶が徐々に蘇ってくる。

　数か月ぶりに、婚約者の王太子から『庭園を眺めながら話をしよう』とお茶会に誘われて浮かれて出かけたのは今日の昼過ぎのこと。

　王子宮の庭園へ向かったアデラインを待っていたのは、ブライアンとカルロス、そしてエリックとレザードだった。

　戸惑うアデラインの前に、ヒュバードが異世界人の少女と、彼女を守るように寄り添うサミュエルまでを連れて現れ、ようやくこの話し合いの場が自分を断罪するものだと気が付いた。

（寒々しい空気の中、お茶を飲んだヒロインが苦しみ出して、驚いて椅子から立ち上がったわたくしが『毒を盛ったのだ』と皆が決めつけて、殿下の命令で駆け付けた騎士達に捕縛された）

　身じろぐと、騎士達に押さえ付けられた手首と背中、床に打ち付けた頭が痛む。

『アデライン！　君がリナに嫉妬して毒を混入したのだろう！　この下劣な魔女が！』

　ヒュバードに恋愛感情などないとはいえ、瞳に憎悪の炎を燃やすヒュバードから罵倒されて、恐怖と絶望で震えあがった。

「そうだ。リナだわ。ヒロインのデフォルトネームはリナという名前だった」

ブライアンがかけた解毒魔法によって回復したリナは、怯えた目でアデラインを見ていた。

怒りでヒュバードから漏れ出た魔力によって周囲の芝生が枯れ、目を吊り上げたカルロスとサミュエルがアデラインへ剣を向ける。彼らはまるで、魔女からお姫様を守る王子様達。

アデラインの脳裏に、ヒロインと王太子が幸せそうに微笑み、キスをするスチルが浮かぶ。

ヒロインはハッピーエンドに向かっていたのだと思うと、乾いた笑いが出てくる。

ゲームではアデラインが毒を盛ったことになっていたが、『自分』はそんなことをした記憶はない。ヒロインに危害を加えようとしていないのに、何故「お友達エンド」ではなく断罪に向かっているのか。

(知らないと言っても聞いてもらえなかった。婚約者の恋人が毒で倒れたら、誰がどう考えてもわたくしがリナさんの暗殺を企てた。と、なるわね)

専属執事のレザードは庇うどころか、アデラインが毒を用意したと証言した。

(ここまでの流れは王太子ルートと一緒ね。違うのは、〝わたくし〟は闇ギルドと関わっていないことだわ。ゲームでは断罪されて当然と思ったけど、当事者になると違うわ。アデラインは断罪されるほど酷いことをしたの?)

溜息を吐いて、アデラインは開いた両手を見詰めた。

〝私〟の手とは違う、ささくれ一つなく爪も綺麗に磨かれた手は、労働とは無縁な生活をしていたと分かる。ゲームのアデラインだったら、断罪されて暗く冷たい牢に入れられたら、屈辱と絶望に打ちひしがれていただろう。

「これは異世界転生？　憑依？　よりによって断罪される当日に〝私〟の記憶が戻るなんて。もっと早く記憶が戻っていたら、対処出来たのに。殿下達は今頃笑っているでしょうね。本当に最悪だわ」

　顔を上げたアデラインはゆっくりと牢内を見渡した。

　アデラインが床に倒れていたのは、魔力抑制の結界が張り巡らされたこの部屋から脱出するため、窓を目指して壁をよじ登ろうとして落ちたからだろう。

「あら？」

　牢の中を歩いて、既視感を抱いたアデラインは首を傾げた。

（この牢は、見覚えがあるわ……何故だろう？）

　王太子ルートのトゥルーエンドへの流れを思い返す。

（そうだわ。王太子ルートで、ヒロインがこの牢の中に閉じ込められる展開があった。アデライン断罪後、反逆を企てる貴族が闇ギルドに依頼して、王太子が襲われてヒロインも捕えられてしまい、牢に閉じ込められる。ヒロインが牢に隠されているアイテムを使って、脱出出来るかどうかでその後の展開が決まる！）

　埃がかかったベッドまで歩き、両膝を床について屈んだアデラインは片手でベッドフレームの端を掴み、床に肘をついてベッドの下を覗き込んだ。

（このベッドの裏に、ここから脱出するためのアイテムがあったはず！）

光が届かないフレームの裏に手を入れて、手探りで探った。

手入れされていないフレームは劣化し、表面が粗くなった部分に触れた指先が擦れる。

指先に木とは違う金属の感触がコツンと触れて、床に頬をつけたアデラインは肩までベッドの下へ入れてソレを握った。

ベッドの下から腕を出すと、フレームと床で擦った指先と肘には無数の擦り傷が出来ていた。

埃塗れになったドレスを軽く叩き、握っていた手を開く。

「これだわ」

隠しアイテムは、金属の細かい細工と魔石がはまった懐中時計。

懐中時計の蓋を開くと、指先から滲んだ血が文字盤の硝子を赤く汚す。

（この時計は、使用者の時間を戻してくれる。巻き戻る時間はランダム。ヒロインは運良く王太子が襲われる前に戻った。わたくしが使っても上手くいくか不明だけれど、使うしかないわ）

このままだと斬首か毒殺。生き残れたとしても修道院送りだ。冗談じゃない。

懐中時計を胸元に当て、目蓋を閉じたアデラインはありったけの魔力を両手に込めた。

「どうか、捕らえられる前に、昨日の朝より前に戻って！　お願いっ！」


パアアアー！

願いを込めた魔力に反応し、牢屋の壁と床に幾何学模様が浮かび上がり、アデラインの魔力が抑え込まれてしまう。

「くっ！　邪魔しないで！　異世界転移？　転生？　有り得ないでしょう！　ゲーム補正でも、ヒロイン至上主義でもこれは受け入れられない！　あいつらの思う通りにさせないわ！」

怒りと叫びは力になり、爆発した怒りの感情が動力源となる魔力に呼応して、止まっていた懐中時計の秒針が時を刻み出す。

カチカチカチ……！

懐中時計の針が逆回転を始め、アデラインを中心として牢屋内が渦を巻いて歪んでいった。

第1章 ◆ 巻き戻り一日目。アデラインは破滅回避に動き出す

懐中時計から放たれた白い光によって、視界全てが真っ白に染まっていく。

浮遊感に恐怖したアデラインは目蓋を閉じ、自分の両肩に手を回して抱き締めた。

「……お嬢様？」

「はいっ」

若い女性の声が聞こえ、アデラインは反射的に上擦った声で答えた。

真っ白の光で埋め尽くされていた世界が色を取り戻していき、少しずつ視界が鮮明なものになってくる。

今までいた石煉瓦に囲まれた薄暗い部屋ではなく、大きな窓から射し込む陽光が明るく照らす室内の一角で、白色の部屋着を着たアデラインは大きなドレッサーの前に座っていた。

明るい室内はカビと埃の臭いは一切せず、嗅ぎなれたルームフレグランスの香りと花瓶に生けられている花の香りで、安堵の息を吐く。

顔を上げたアデラインは、ドレッサーの鏡に映った自分の後ろに立つ若い女性を見上げた。

「貴女は、パメラ？」

癖のある茶色の髪を束ねてエプロンドレスを着た女性は、半年前にアデラインの側仕えになったパメラだった。

「わたくしは、今何をしていたの？」

「お嬢様、どうかされましたか？　今は、王子宮へ向かわれる支度中でございます」

　ヘアブラシを持つ手を止め、パメラは困惑を隠さずに答える。

「王子宮へ？」

「王太子殿下からのお誘いで、王子宮の庭園を見に行かれるのでしょう？」

「そう、だったわね」

　急速に口腔内が乾いていき、アデラインは首を動かして着ている部屋着を確認する。

　鏡越しに見える室内は、王都にあるベルサリオ公爵邸のアデラインの部屋だった。

　着ている部屋着も寝癖のついた髪も、室内の様子も今朝と全く変わりない。

（わたくしは〝私〟？　アデライン？　どっちなの？）

　顔を動かしたアデラインは、棚の上にある時計を見て時刻を確認する。

（今は朝、八時半か。お茶会の支度をしていた時に戻っただけじゃない。ゲームでは三日前に戻れたのに、ヒロインじゃないから半日だけしか戻れなかったの？　あら？　これは）

　目についたのは、ドレッサーに置かれた化粧品と、香水瓶の中に紛れていた一本の硝子瓶。

　赤紫色の液体が入った硝子瓶は、中身が素敵な香りがする香水でもアデラインは選ばない。

　何故、こんなものがここにあるのかと内心首を捻り、思い出した。

（そうか、そういうことね）

　落胆していた思考は落ち着き、冷静になっていく。

「お嬢様、すぐに整えます」

ワゴンに置いてある、寝癖直し用の霧吹きを取ろうとパメラが後ろを向いた隙に、アデラインは人差し指で硝子瓶に触れて鑑定魔法をかける。

魔法に反応した赤紫色の液体は緑色に輝き、アデラインは人差し指を振って魔法を解除した。

鑑定魔法の結果、緑色の光は毒だということ。

それに、ベルサリオ公爵令嬢の身支度をする侍女がパメラ一人しかいないのは変だ。

「急に気分が悪くなってきたわ。残念だけど、この体調では行けそうにないわね」

言葉は嘘ではない。こめかみの痛みは治まるどころか悪化していく。それに、捕えられると分かっていて王子宮へ行く馬鹿なことはしない。

「残念だけど、今日のお茶会は欠席するわ」

寝癖のついた髪を手に取り、霧吹きで水をかけていたパメラは目を大きく開いた。

「ええ？　あれほど喜ばれていましたのに。急に行かれないなんて……困るわ」

頭の中の霧がすっきり晴れて、感覚が研ぎ澄まされていたアデラインの耳は、パメラの漏らした小さな呟きを拾っていた。

「困る？　誰が困るというの？」

振り返ったアデラインに睨まれて、パメラは一歩後退った。

「い、いえ、何でもありません」

震えた声と動揺を隠しきれない態度から、パメラへの疑念が確信に変わった。

「困るのはパメラ、貴女が？　いいえ、わたくしが行かないと困る者が他にもいるわね」

　巻き戻る前の経験、王子宮の庭園でアデラインが捕えられた場面にいた者達の顔を思い浮かべて、苦笑いした。

「エリックとレザードもお茶会に参加するのでしょう。殿下の恋人、リナさんも参加するわよね。わたくしを陥れる舞台を皆で用意したのに全て台無しになる、とでも言いたいの？」

「そ、それは」

　立ち上がったアデラインから立ち上る魔力に圧倒され、さらに後退ったパメラは絨毯に靴の踵が引っ掛かりよろける。

「パメラは知っていたのね。ここ数日の貴女は、レザードと話していることが多いと思っていたけど……私を裏切ったレザードと手を組んでいたとはね。それで、コレは何かしら？」

「なっ、それは！」

　ドレッサーの天板へ伸ばしたアデラインの右手が、赤紫色の液体入りの小瓶を手にしたのを見て、パメラの顔色が悪くなる。

「見覚えのない物だったから、鑑定魔法をかけたの。貴女は毒入りの香水を、わたくしに使おうとしていたのかしら？」

「そ、それは私が間違えて置いたものです。鑑定魔法を失敗されたのではありませんか？　お嬢様は魔法が苦手でしたでしょう」

「そうね。わたくしは魔法が苦手だった」

ブチンッ！

ドレッサーに置いてあったネックレスのチェーンを引き千切ると、細かな金属の鎖と青色の魔石がパラパラと絨毯の上に落ちた。

ヒュバードから贈られた物だが、ゲーム内のアデラインがヒロインを陥れるため、闇ギルドから入手した魔力抑制効果があるネックレスと全く同じ物だと〝私〟の記憶で気付いたのだ。

魔力が不安定になっていた原因が分かったと同時に、怒りが湧き上がってきた。

「見ての通り、もう苦手ではないわ。このネックレスで邪魔をされていたせいで、苦手だと思い込まされていたのね」

ネックレスが壊れ、魔石にヒビが入り効果が薄れたためか、体の中央から魔力が流れていく。

氷と水属性を示す淡い水色の魔力が、指先まで行き渡っていくのがはっきりと分かった。

（魔法が苦手だと思ったのはいつから？　魔力コントロールは得意だったのに苦手？　そうだわ。リナさんが入学してから。全てが上手くいかなくなったのよ）

二年生になってから、やることが空回りするようになり、周囲から誤解されるようになった。

（殿下がリナさんと知り合った頃から、急に魔力が安定しなくなった。何故、アデラインがこのネックレスを贈られたか分からないけれど、殿下からの贈り物だからって、こんなものを大事に身に着けていたとは！）

手を握ったアデラインは、部屋の外へ逃げようとしていたパメラへ向けて魔法を発動させた。

「きゃあっ」

アデラインの指先から伸びた氷の蔦は、パメラの上半身に絡まり彼女の動きを封じていく。

（殿下に贈られたネックレスなら、アデラインが肌身離さず身に着けると思ったのね。細工をするように指示したのは誰だろうか）

氷の蔦が体温を奪っていき、震えるパメラの顔色が青くなっていく。

パメラへ近付いたアデラインは、彼女の頬を人差し指で突き、持っていた硝子の瓶を見せる。

「この香水は間違えて置いたモノで、毒ではないなら貴女に振りかけてもいいわよね？　だってこれは毒ではないのでしょう？」

「ひぃっ！　お、お許しください。私はただ、エリック様の言いつけ通りにしただけです！」

人差し指と親指で小瓶の蓋を開こうとすると、顔を引きつらせたパメラは悲鳴を上げた。

「エリックの言いつけですって？　レザードでなくて？　仲良くしていたつもりだったのに、エリックはそこまでしてわたくしを排除したかったのね」

薄々勘付いていたとはいえ、エリックの言いつけだと白状されると、気持ちが沈んでいく。

（才能あるエリックと才能もなく愛想も悪い上に気難しいアデラインなら、どちらの命令を聞くかは理解出来るわ。パメラがエリックの命令で動くのは、仕方ないことだわ）

落胆も悲しみも表に出さないように育ってきた、今までのアデラインならば感情を押し込めて我慢しただろう。だが〝私〟の意識は、そんな理由で納得するなど出来なかった。

ゲームの設定上の悪役令嬢らしく、アデラインは冷たく微笑んだ。

「パメラ、罪人として屋敷から追い出されるのと、わたくしに協力するのならどちらがいい？」

「わた、私は、お嬢様の専属侍女で、ございます。お嬢様の、望まれること全て、遂行するのが私の役目、です」

氷の蔦によって限界まで体温が低下したパメラは、震える唇を動かし途切れ途切れに答える。

「そう。分かったわ」

答えに満足したアデラインは、パチンと指を鳴らして魔法を解除した。

氷の蔦から解放され、両手両膝を床についたパメラは、顔だけ上げてアデラインを見上げる。

「わたくしアデライン・ベルサリオは、酷い頭痛のため王太子殿下主催のお茶会を欠席する。食事もままならないほど痛むため、夕方まで寝込んでいる。ということにしておきなさい」

「は、い」

頷いたのを確認したアデラインは、背を向けてドレッサーの鏡を睨み付けた。

（政略上の婚約でも、国王陛下とお父様を説得すれば解消出来るでしょうに、わたくしを陥れようだなんて王太子のやることではないわ。取り巻き共も何故止めないの！）

婚約が気に入らないのなら、正式な手順で王太子から婚約を解消すればいい。正式な手順を踏まないのは、アデラインに非があるようにしたいからだ。

（このまま破滅させられるなんて御免だわ。もしここが〝私〟の夢であっても、今のわたくしはこの世界を楽しんでないのだから、破滅回避の最良の方法を考えなければ！）

きつく握り締めた手を開くと、手のひらに爪によって薄っすら線状の内出血が出来ていた。

＊＊＊

お茶会用のドレスではなく、パメラに用意させた若い女性に流行っているワンピースに着替え、一纏めにした髪は鍔の広い帽子の中に押し込み黒縁眼鏡をかけたアデラインは、ドレッサーの前で一回転して自分の姿を確認した。

化粧も日焼け防止の白粉と淡い色の口紅だけで、見た目は良家のお嬢さんといったところ。

体調が優れないため、朝から部屋に引きこもっているということにして、ベッドにはクッションを入れておいた。

万が一、部屋を覗かれても使用人達は勝手に「掛布を被って眠っている」と思うだろう。

「お嬢様、どちらへ行かれるのですか？」

「気分転換しに行くだけよ。心配しなくとも貴女を解雇したり、現状に嘆いて失踪はしないわ」

怯えるパメラにお茶会欠席を詫びる手紙を代筆させて、アデラインは使用人が出入りする裏口から屋敷を出た。

初めて一人で屋敷の外へ出たアデラインは、周辺地図と朧げになっている〝私〟の記憶を頼りに、王都の中心部へ向かって歩く。

貴族の邸宅が建ち並ぶ区画を抜けて賑やかな大通りを目指して歩き、中心部へ向かう道へ出る。

大通りを進み、噴水広場を抜ければ雰囲気は一変した。

舗装の状態が悪い大通りを、荷台に沢山の木箱を積んだ馬車と乗合馬車が行き交い、歩道を幼い子どもの手を握った母親や楽しそうに談笑しながら歩く若者達、多くの人々が歩いていた。

「凄い。人がいっぱいいるわ。街並みもとっても綺麗……これが王都なのね」

目を細めたアデラインの中に残っていた〝私〟の意識が強くなっていく。

ゲームでは画面越しだった王都の光景。

ファンタジーな街並みが目の前に広がっていることに、〝私〟は感激で目を輝かせた。

広場の片隅に建つ、クレープを売っている屋台から漂う甘い香りに惹かれ、屋台へ近付こうとしてアデラインは気が付いた。

（ああー！　わたくし、お金を持ってなかったわ）

外出時の支払いは全て、お付きの者に任せており金銭が必要なことが抜け落ちていた。

表出していた〝私〟の意識がアデラインの中に戻っていく。

「いつもそう、何かを失敗するから気を付けていたのに」

肩から斜めにかけているバッグには、ハンカチと苺味の飴が二つに護身用の魔法玉、そして目的地で必要になるベルサリオ公爵家の家紋入りの指輪が入っていた。

鞄から取り出した飴の包みを開けて口に放り込み、糖分を補給したアデラインは〝私〟の記憶にある目的地までの街並みを思い出しながら、大通りから奥へ入った路地を歩く。

昼間でも薄暗い路地は、酒場や年齢制限のあるショーが楽しめる劇場が並ぶ、表通りとは雰囲気が違う所謂、盛り場だった。

昼間の盛り場は静まり返り、野良猫が寝転んでいるのが目に付くだけで、人の姿はほぼない。

道にぶちまけられた嘔吐物を見て顔を顰め、足が痛くなり歩くのが嫌になって来た頃、ようやく盛り場の外れにある目的地へ辿り着いた。

「ここね」

ゲーム内で、アデラインの立ち絵の背景として描かれていたのと同じ酒場。

酒場の扉には、【閉店】のプレートが掲げられていた。

扉に近付くと人の気配があり、店内にはまだ何人かいることが分かった。

カランカランッ。

ドアノブを掴んで重たい扉に体重をかけて押し開くと、扉に取り付けられているドアチャイムが鳴り響く。

店内には、バーカウンターと十ほどのテーブルが設置され、椅子は全てテーブルに上げられているが、特に変わった所もない普通の酒場だった。

　扉の開閉音に気が付いた大柄な男性は、モップを持つ手を止めて扉の方を振り返った。

　白色シャツと黒色ズボンを穿き、黒髪を短髪に刈り込んだ日に焼けた肌の大柄な男性の顔を見たアデラインは、息を呑んで動きを止める。

　前腕の筋肉が大きく盛り上がり、左目に黒色の眼帯を付けた厳つい男性は、手にしていたモップをテーブルに立てかけると、アデラインの側までやって来て、ジロリと頭の上から足元まで一瞥した。

「お嬢さん、申し訳ないが今はまだ開店前でね。日が暮れたらおいで、と言いたいところだが……お嬢さんはまだ酒を飲めないだろう。ここへは迷って来たのか？」

　帽子の鍔に隠れていたアデラインの顔を確認して、成人前の少女だと分かった男性の声は若干戸惑いが混じっていた。

　大柄な男性と視線を合わせるため、アデラインは顔を上げて背筋を伸ばす。

「迷ってもいないし、お酒を飲みに来たわけでもないわ」

「じゃあ何の用だ？」

「マスターに会いに来たのよ」

「は？　マスター、だと？」

　男性は返答に迷ったように目を泳がせた後、カウンターの奥を見た。

（わたくしのことを知らない、ということは、やはりゲームの王太子ルートとは違う、他のルートを進んでいる？　王太子ルートだったらゲーム中盤でアデラインはヒロインの殺害依頼を闇ギ

ルドにしているもの）

声に応えるように、カウンターの奥から人影と軽い足音が近付いて来る。

「へー、お嬢さんは俺に会いに来てくれたんだ」

カウンターの奥から姿を現したのは、橙色の髪を襟足だけ三つ編みにした若い青年だった。

青年はアデラインと屈強な男性を交互に見て、人懐っこい笑みを浮かべた。

「俺がマスターだよ」

橙色の髪をした青年がマスターとは、嘘くさくてアデラインは小首を傾げた。

まだ、横に立っている大柄な男性がマスターだと言われた方が納得出来る。

自分を「マスターだ」と、自信満々で言う青年と大柄な男性には見覚えがあった。

正確には〝私〟の記憶、スマートフォンの画面越しで彼らを見たことがあった。

「貴方はマスターではないわ。本当のマスターに会わせて。だってここは、ただの酒場ではなく、金狼のアジトでしょう？」

「金狼」の言葉を口にした瞬間、二人の目が鋭くなった。

一瞬固まった大柄な男性は、ぎこちなく明らかに作り笑いと分かる笑みを作る。

「お嬢さん、ここは場末の酒場で物騒な場所だ。興味本位で来るような所じゃないよ」

「興味本位ではありません。わたくしは金狼の方々に依頼をしたくてここまで来ました」

「依頼、だと？　まいったな」

困惑した大柄な男性は、頭を掻きながらカウンターの方を見た。

「フーン、ただの女の子じゃないってことかよ」

橙色の髪の青年は、猫のように目を細めた。

「まずはわたくしの話を聞いてください」


カウンターの方へ一歩近付いたアデラインは、眼鏡のフレームに指をかけて眼鏡を外し、外した眼鏡を鞄に仕舞い、顎の下で結んでいた帽子の顎紐の結び目を解き帽子を取る。

「わたくしはアデライン・ベルサリオと申します。ベルサリオ公爵家の者です」

テーブルに帽子を置いたアデラインは、スカートを摘まみ男性達へ会釈をした。

大柄な男性は戸惑いの表情でアデラインを見下ろし、橙色の髪の青年と彼の後ろを見る。

「へぇ～ベルサリオ公爵家って、貴族の中でも唯一の王家の傍系って家だっけ？」

橙色の髪の青年はカウンターに手をつき、身を乗り出して興味津々といった体で問う。

「ここは公女様の来るような場所じゃないでしょ？　それと、お嬢さんが公女様だと言うのなら、ベルサリオ公爵家の証明が出来るものを出してみなよ」

「証明、ですか？　これでいいかしら？」

鞄の中に手を入れて、ベルサリオ公爵家の紋章入りの指輪を取り出し手のひらに載せた。

「借りるぞ」

人差し指と親指で、慎重に指輪を摘んだ大柄な男性は、早口で鑑定魔法を唱えた。

「こいつは……本物だな。お嬢さんは本物の公女様か」

指輪は淡い乳白色の光に包まれ、大柄な男性は感嘆の息を吐いた。

「金狼の皆さんに仕事の依頼をしたくて、わたくし一人で来ました」

大柄な男性から返された指輪をバッグへ仕舞ったアデラインは、話している途中で言葉を一旦切り、カウンターの奥を見た。

「マスターさん、聞こえているのでしょう？　わたくしの話を聞いていただきたいのですが、よろしいでしょうか」

魔力を抑制していたネックレスを壊したからか、〝私〟の意識が混ざり込んだからか、微弱な魔力がカウンターの奥から放たれているのに気が付いていた。

この魔力は、アデラインが酒場の扉に近付いて扉を開いた時から放たれており、建物全体を覆っていた。不審人物を警戒する、監視魔法が発動しているのだ。

「あのねぇ、たとえ公女様でも、そう簡単にマスターには会わせられないんだ。まず、俺達が話を聞いてどうするか判断する、ん？　……は？」

突然声を上げた橙色の髪の青年は、目を大きく開いて両耳に手を当てた。

「え？　はぁっ？　いや、しかし。ええっ、本当にいいんですか？　ちょっと待って……はぁー、今はそれどころじゃないのに。本当に勝手なんだからな」

俯いて文句を呟いた橙色の髪の青年は、前髪を掻き上げてからアデラインの方を向いた。

「……お嬢さん、マスターが会ってくれるってさ。案内するから、こちらへどうぞ」

カウンター扉の留め具を外した青年は、「こっち」とアデラインを手招きした。

青年がカウンター奥の壁を押し、軋み音を立てて壁の一部が開いていく。

「まぁ、これは……」

扉をくぐり抜けた先には、月や星灯りの全くない闇夜のような通路があった。

建物の大きさから考えても、長過ぎる通路に感嘆の声を漏らして、アデラインは周囲を見渡す。

床がほのかに発光していなければ、すぐに平衡感覚がおかしくなっていた。

「これは隠し通路？　ここは、魔法で空間と空間を繋げているのですか？」

空間を繋げる時空魔法を使える者は、この国では魔術師団長くらいだ。金狼には、少なくとも一人は時空魔法を使える者がいるということだ。

周囲を見渡して歩くアデラインに、橙色の髪の青年は面倒くさそうに言う。

「あーそうだよ。公女様、俺から離れたら閉じ込められますよ」

「う、分かりました」

慌ててアデラインは青年の背中に駆け寄った。

五分ほど通路を歩くと、先を歩いていた青年が立ち止まった。

「マスター、連れてきましたよー」

先が見えない真っ黒の空間に手を当て、青年は強い力で見えない扉をノックする。さらにノックしようと手を動かした時、真っ黒の空間に白色の長方形の線が現れた。

「公女様、さあ入って」

白色の輪郭だけ現れた黒塗りの扉のドアノブを掴み、青年は勢い良く扉を開いた。

「失礼しまーす」

「……失礼します」

青年に続いて、アデラインは軽く頭を下げて室内へ入った。

「もう少し静かにノックをしてくれませんか？」

入室した青年へ憮然とした態度で声をかけたのは、青銅色の髪を肩口で切りそろえ、銀縁眼鏡をかけた神経質そうな若い男性だった。

男性は眼鏡のブリッジに人差し指を当てて、アデラインへ鋭い視線を向けた。

（この眼鏡の男の人は……知らないな。そして、やっぱりこの人がマスターなのね）

値踏みするような視線を向けて来る眼鏡をかけた男性よりも、アデラインが目を奪われたのは彼の背後の人物だった。

貴族の屋敷だと言われても、頷けるくらい立派な部屋に負けないほど、強烈な存在感を放っている人物。

重厚感のある執務机に肘をつき、漆黒の椅子に腰かけている金髪の青年だった。

輝く金色の髪と深紅の瞳の、整った顔立ちをした大人の色気を放つ青年だが、瞳に宿る刃のように鋭い眼光が彼の貴公子風の外見を裏切っていた。

（闇ギルド、金狼のボス。世界中に支部を持ち、全てのルートで敵となる彼は、見た目の良さと圧倒的な実力で敵ながら人気があったわ。人気投票は常に上位、彼を攻略したいというファンによる、二次創作漫画も数多く出されていた。美形だし、そこにいるだけで威圧感があるわ）

〝私〟が初めてゲームで彼の立ち絵を見た時は「格好いい」と思ったし、ラスボス戦前のスチルは本当に綺麗だった。

その後、発売された画集に収録されていたスチル画は、何度も眺めるくらい素敵だったのを覚えている。でも、素敵だと見惚れるのは画面越し、紙媒体だけだ。実物を前にすると、威圧感が強過ぎて格好良いというよりも怖い。

握り締めた手のひらに汗をかいていることに気が付き、怯みそうになる心を落ち着かせる息を吐いたアデラインは頭を下げた。

「お前」

マスターが口を開いただけで室内の空気が張り詰めていき、彼の隣に立つ眼鏡の男性と案内をした橙色の髪の青年は姿勢を正す。

肘掛を手で掴んだマスターは椅子から立ち上がった。

「自分のことをベルサリオ公爵令嬢だと、言っていたな」

立ち上がったマスターとは、執務机を挟んでいるのに喉元に刃を突き付けられているような気がして、アデラインは震えそうになる両足に力を入れた。

竦みそうになる心を奮い立たせて、笑顔を作ったアデラインはマスターへ会釈する。

「はい。わたくしはアデライン・ベルサリオと申します」

「確かにベルサリオ公爵の長女と同じ名前ですね。名前と顔は一致しています」

手の中に出現させた分厚い手帳を開き、数ページ捲った眼鏡の男性はマスターの隣へ移動して、手帳の該当ページを見せる。

「俺が、公女様が会いたがっていたマスターだ。それで、俺に会ってどうするつもりだ？」

「貴方に依頼したいことがあります。ですがその前に、貴方のお名前を教えてくれますか？」

真っすぐに自分の目を見て言うアデラインに、マスターの片眉が器用に上がる。

「俺の名前を聞いてどうする」

「わたくしは名乗りました。貴方は、依頼主に対して名乗ってくださらないのですか？」

名前を訊ねたのは、恐怖を誤魔化しマスターの興味を惹くため。少しでも彼の興味を引けば、交渉しやすくなる。

「何をっ」

「やめろ」

動こうとした眼鏡の男性を、マスターは手を広げて制止する。

「はっ、一人で乗り込んで来た上に、俺に名乗れと言うのか。なかなか肝が据わった公女様だ」

クツクツと心底愉しそうに笑い、マスターはアデラインの側まで来ると、自分の胸元を人差し指で突いた。

頭一つ分以上、背の高い長身のマスターとの距離は、歩幅一歩分しかない。

距離が近くなると、鋭い眼光の宿る瞳に見下ろされるだけで、体が震え出しそうになる。

怯んだ心を見透かされないよう、アデラインは顔を動かしてマスターと視線を合わせた。

「……俺の名は、クラウスだ。こっちはルベルト。公女様を案内してきたのはディオンだ」

「え、マスターが自分で紹介しているなんて、おっと」

クラウスに睨まれて口を噤んだディオンは、珍妙な物を見るような目でアデラインを見た。

「それで、公女様が俺に依頼したいこととは何だ？」

「ご紹介ありがとうございます。依頼内容は、わたくしの護衛とある方々の素行調査です」

「護衛？　公女様には公爵家の優秀な護衛が付いているだろう？」

怪訝そうに眉根を寄せてクラウスは問い返す。

「へー、公女様の護衛と調査ねぇ。面白そうだな」

「ディオン、黙っていろ」

「すみませーん」

またもやクラウスに睨まれたディオンはヘラリと笑った後、もう喋らないという意思表示のつもりなのか口元を手で覆う。

「公女様はここまで一人で来たと言っていたな。ベルサリオ公爵の祖母は王族だろう。お前の父親は、娘を守る護衛を一人もつけていないのか？」

「わたくしには専属の護衛はおりません。いえ、護衛はいることにはいますが、わたくしが彼らを信用しきれないのです」

仕えてくれていた護衛達は、この数か月間で何故かアデラインから離れていき、エリックを優先するようになった。ゲームの強制力だとしても、公爵家に仕える者達は信じられない。

「ベルサリオ公爵家では、わたくしよりも義弟の方が優遇されています。信用出来る者は、気が

付いたら全員解雇されていました。わたくしを裏切らない、信用出来る者が必要なのです」

「公女様は金狼がなんなのか知っているのだろう。知りながら信用出来ると思っているのか？」

「それは」

報酬によっては、汚いことも引き受ける闇ギルドを信用出来るのかと、数秒間考えて……アデラインは口を開いた。

「信用出来るわ。引き受けた依頼は確実に遂行する。それが金狼でしょう？」

裏切られる可能性もある相手よりも、報酬で動いてくれる相手の方が分かりやすく、信用出来た。エリックとレザードが離れていったのがゲームの強制力だとしたら、目に見えない絆など強制力の前には勝てないのだろうから。

「フッ、その通りだ。だが、依頼を引き受けるかどうかは報酬しだいになる。公女様の護衛となると、それなりの力を持つ者が必要だろう。急な依頼になると、今取りかかっている依頼を至急終わらせなければならない。そのために高価な魔道具を使用するため、莫大な金が必要になる。味方が少ないと嘆く公女様に、公爵家の金を動かせるのか？」

闇ギルド金狼は、引き受けた依頼の達成率も他のギルドに比べて高いが、法外な依頼料を払わないと引き受けてもらえない。確かゲームの設定サイトの記事に載っていた。

（依頼料は、とんでもない金額だってことは分かっている。〝私〟の知識を活用してクラウスと交渉するしかないわ。さあ、どうする？　どう言えば、彼は動いてくれる？）

目を伏せて思案したアデラインはゆっくりと顔を上げた。

「依頼料は、わたくしが動かせる金額でしたら用意します。足りない分は、貴方が長年探しているモノをお渡しする、でどうでしょうか？」

　発せられる圧力に屈することもせず、真っすぐ自分を見下ろすクラウスの赤い瞳と視線を合わせてアデラインは報酬について提案した。

　言い終わるや否やアデラインは寒気を感じて、少し開いていた唇をきつく閉じる。

（くっ、交渉を失敗した？）

　目を細めたクラウスから発せられた冷気によって室内の空気が凍り付いていく。

「……俺が長年探しているモノか」

　低音の声がさらに低くなり、口角を上げたクラウスの喉がクツリと鳴る。

「それがなんなのか、公女様は知っていると言うのか」

　赤い目に暗い光を宿したクラウスから発せられている圧力が、殺気だと理解したアデラインの体は緊張で強張り、恐怖で口腔内が乾いていく。

「推測でしかありませんが、貴方が探しているモノは……古の帝国が神の力と崇めていたモノの〝欠片〟、でしょう」

　動かしにくくなった舌を動かし、どうにか平静を装った声を発した。

「何故、そうだと思った？」

「貴方達が今まで関わったと言われている事件、戦争の情報を調べて推測してみました。数年前から、貴方達が暗躍した国や組織の多くは主君が代わり、必ず〝欠片〟が失われていた」

勿論これは、ゲームの公式サイトだけでなく有料ファンブックスに登録して情報を得ていた〝私〟の記憶からだった。

主君が代わったことは公になっているが、〝欠片〟の情報は、国家機密のため調べても知ることは出来ない。

ファンブックスによると、クラウスは「ある目的のために〝欠片〟を集めている」らしい。

集めている目的は分からなくても、ファンブックスに書かれていたのだから彼は必ず食いついてくるはずだ。

「お前が〝欠片〟を持っていると？」

ようやく殺気を抑えたクラウスに問われ、アデラインは首を横に振った。

「いいえ。わたくしは持っていません。ですが、どこにあるのかは分かります」

「ほう、どこにあるんだ？」

「王家の宝物庫のさらに奥、厳重な結界に囲まれて保管されています。複雑な結界ですから、マスターの貴方でも解くのは難しいでしょう。さらに、王家所有の〝欠片〟は王家の血筋の者しか触れられません。直系以外の傍系で結界を解けるのは、ベルサリオ公爵家の者、くらいです」

強気にアデラインが言い切れば、殺気は完全に消えた。

殺気を消したということは、クラウスがアデラインの価値を認めた、ということだ。

（ゲームでは、ヒロインを人質にとり王太子を脅迫して〝欠片〟を手に入れようとしていた。手に入れるために、王族でも限られた者しか知らない情報を持ち、王家の血筋であるわたくしの価

値は上がったはずだわ。これで、わたくしを捨て駒にしないはずよ）

　国王の兄弟は、若くして亡くなっており、王族の直系は国王と二人の息子のみ。傍系では、前国王の妹王女の血筋、現ベルサリオ公爵とアデラインだけだ。少なくとも、クラウスが求めるモノを手に入れるまでは危害を加えられないだろう。

「なるほど」

　一歩足を前に動かしたクラウスとの距離が近くなり、アデラインの上に影が落ちる。

　近過ぎる距離に驚き、顔を上げると深紅色の瞳と視線がぶつかった。

「……護衛が必要な理由は分かった。それで、誰の素行調査をご希望なんだ？」

　深紅色の瞳を見詰めているうちに、恐怖とは違う不思議な感情が湧き上がり、アデラインは胸元に手を当てた。

「わたくしの婚約者である王太子殿下と、殿下と恋仲になっている異世界人、そして取り巻き達の素行調査をお願いします」

「王太子の素行調査をしてどうするつもりだ？　異世界人の恋人と別れさせるつもりか」

「いいえ。お二人は、このまま添い遂げてくれればいいと思います。ただ、殿下はわたくしに非があると主張したいようで、わたくしの悪行を捏造しているようです。義弟と執事も殿下に協力していて、潔白を証明するために殿下達の素行を調査していただきたいのです」

　目蓋を伏せたアデラインは鞄の中へ手を入れて、自室から持って来た小瓶と鎖が切れたネックレスを取り出した。

ネックレスを強く握れば鎖がシャリシャリ音を立て、手の中で瓶の中に入っている赤紫色の液体が揺れる。

「今まで殿下を支えるのは婚約者の義務だと、異世界人との関係は一時的なものだと信じていました。ですが、魔力回路を乱すよう細工されて、精神に影響する毒まで用意されていたことを知り、目が覚めました」

感情を排除して話そうとしていたのに、〝私〟の感情が高まっていき、ネックレスと小瓶を持つ手に力が入る。

「異世界からの迷い人の話は聞いたことがある。珍しい黒髪黒目で聖属性の魔力を持った聖女候補、だったか。異世界人に王太子を始めとする、貴族の男達が夢中になっているのか」

震える手にクラウスの指先が触れ、驚いたアデラインはビクリと肩を揺らした。

「公女様、この瓶は俺がもらってもいいか」

「か、かまいませんが、何に使うのですか？」

「使い道を思い付いたら教える。これは、なかなか面白そうだな」

小瓶を指で摘み、光に透かし見たクラウスは不敵に笑ってから、ゆっくり背後を振り返った。

「公女様の依頼を引き受けよう」

「「えっ」」

気配を薄くして静観していたディオンとルベルトは、同時に驚きの声を上げた。

「しかし、依頼枠は全て埋まっています。今すぐ動ける者はいません」

「何とかしろ。人員確保と割り振りをするのがお前の役割だろう」

「……はい」

横暴な命令を受けたルベルトは、目蓋を閉じてこめかみに手を当てた。

依頼を引き受けてもらえたことに安堵した途端、アデラインの両足から力が抜けていく。

「あれ、足が……」

ふらついて伸ばした手をクラウスが掴み、支えられて何とか転倒するのは免れた。

「あ、ありがとうございい、きゃあああ！」

言葉を言い終わる前に、背中と腰に回されたクラウスの腕がアデラインを抱き上げた。

「お、下ろしてくださいっ」

一気に高くなった視界とクラウスとの距離に、互いの体温を感じられるくらい密着していること、彼がアデラインを横抱きにしていることに気が付いた。

（お姫様抱っこぉー!?　金狼のマスターって血も涙もない鬼畜設定じゃなかった？　それともわたくしが依頼者だから？　それにこの人、ずっと思っていたけど、近くにいられたら駄目なやつだわ。色気があり過ぎて、仕草一つとっても心臓に悪い）

異性に触れられた経験はほとんどないアデラインは、クラウスのボタンを外して開けた胸元から覗く逞しい胸筋を直視してしまい、羞恥のあまり全身を真っ赤に染めた。

「契約書にサインを書いてもらう。書けるか？」

「は、はいっ」

耳元へ唇を近付けて問われると、クラウスを異性として意識するつもりは全くなくても、耳と頬にかかる吐息がくすぐったくて上擦った声がアデラインの口から出る。

「おい」

半泣きのアデラインを抱えて歩き出したクラウスは、ポカンと口を開けて呆けているディオンとルベルトを睨んだ。

「契約書だ」

一喝され我に返ったルベルトは、ビクリッと体を揺らす。

「はっ！　すぐに、用意します」

魔力を集中させた指先で宙に幾何学模様を描くと、模様は魔法陣を形作っていく。

直系三十センチほどの魔法陣の中央から、バインダーに挟まった契約書とペンが出現した。

「あれは、具現化魔法ですか？」

「いや。取り出しただけだ」

短く答えたクラウスは、アデラインを抱えたまま隣接する部屋まで歩き、二人がけのソファーへ彼女を下ろした。

「ありがとう、ございます」

纏う雰囲気は冷たいものなのに、アデラインを抱き抱えてソファーへ下ろす時は、壊れ物を扱うように優しい。

（この人、金狼のマスターという設定以外では、本当はどんな人なのかな？）

心を読まれないように、隙を見せてはいけないと構えていたのに戸惑いを抑えきれず、アデラインは向かいのソファーに座ったクラウスを見詰めた。

「公女様、こちらの契約書の内容を一読し、納得されましたらサインをしてください」

「分かりました」

疲れた表情をしているルベルトからバインダーとペンを受け取り、契約書の内容を確認して気が付いた。

（これ、文字から強い力を感じるわ。ギルド側が必要だと判断した場合は、ターゲットを破壊、または殺害することもある。契約を結んだ後は、依頼を取り下げることは出来ない。依頼内容を達成した後、または依頼者が死亡、意思の疎通が出来なくなった時のみ依頼を取り下げられる。違反した場合は、即報酬に上乗せした対価を支払ってもらう、か。まるで呪いね）

これだけ強い誓約の力は呪いに近いといえる。

依頼主の気が変わったとしても、契約書にサインをしてしまったら依頼を取り下げられない。

（それだけ、金狼に依頼を引き受けさせることが困難なのね。わたくしが破滅を回避するためには彼らの力が必要よ。もしかしたら、破滅を回避出来て生き延びることが出来たら、〝私〟が見たかったシークレットイベントの展開になるかもしれないし）

依頼主が契約を破棄しようとした場合、依頼主の命は保証されない。

金狼に依頼するということは、命を懸ける覚悟が必要ということだ。

契約書の下部にアデラインがサインし終わり、手にしているペンの動きを止めると文字が金色に発光し始める。

ペンのインクに含まれる魔力によって、契約書にアデラインの名前が定着したのだ。

「これは……」

「サインは書けましたね。マスター、どうぞ」

アデラインからバインダーとペンを受け取ったルベルトは、足を組んで座っていたクラウスへ渡した。

バインダーを受け取ったクラウスはアデラインが書いたサインに手をかざすと、契約書に書かれている文字が金色に輝き出す。

「クラウス……の名にかけて……引き受けよう」

クラウスが契約書にサインを書き終え、契約を受け入れたことを告げる。

次の瞬間、契約書から放たれた光は粒子となり、クラウスの手のひらへ吸い込まれていった。

全ての光が手のひらへ吸い込まれていき、彼の手首に巻いているブレスレットの玉が白色から赤色に染まった。

「これで、金狼と公女様の契約は成立した。契約を完遂するまで我らが公女様を守ろう。今から王太子達の素行調査に動く」

「良かった……よろしくお願いします」

椅子から立ち上がったアデラインは、安堵の表情になりクラウス達へ深々と頭を下げた。

「え、公女様って意外と……」

顔を上げたアデラインと視線が合い、目を開いたディオンの頬がほんのりと赤く染まる。

アデラインが気付く前に、彼は片手で顔を覆うと急いで横を向いた。

「ここまで一人で来たと言っていたな。とりあえず、屋敷までの護衛は今すぐに動ける者をつけろ。ラディックは動けるか？」

「なっ、マスター、それはちょっと」

焦るルベルトはクラウスに睨まれてしまい、言葉の途中で口を噤んだ。

「屋敷内と学園での護衛は、就く者が決まったら連絡をする。公女様は屋敷へ戻り休んでいればいい。他に気になることがあるのなら、俺が答えられる範囲で答えよう」

「気になること、ですか？」

目蓋を半分伏せたアデラインは少し考えて、「あっ」と小さく声を漏らした。

「この近くに貴金属の換金所があれば、場所を教えてください」

「換金所？」

「公園にクレープの屋台があったのに、持ち合わせが何もなくて。折角だから色々見て回りたいと思いました。鎖は切れていても金と宝石は本物ですし、高く売れないかしらと思って」

鞄から取り出して、アデラインの手のひらに載せられたネックレスを見たクラウスは、眉間に皺を寄せて無言になる。

「お前、そんなものを換金したら……面倒だ」

首を動かして振り返ったクラウスはディオンを見る。

「……ディオン、一緒に行ってやれ」

「ええー？　何で俺が行くんですか？　マスターが行ってやればいいでしょう」

「阿呆。俺が一緒に行って、公女様と並んでクレープ屋台の前に立っていたら目立つだろう」

唇を尖らせるディオンへ、腕組みしたクラウスは呆れ混じりに返した。

（確かに、マスターは存在感があり過ぎて目立つから、他の人が来てくれた方がいいわ）

幼い子どもを連れた母親や恋人達が寛ぐ昼間の広場に、長身美形で堅気ではない雰囲気を纏ったクラウスがいたら目立つ。

「マスターがクレープを……ぷっ」

想像したのか、噴き出すのを手で覆い堪えるディオンの顔は歪み、両肩が震え出す。

後ろを向いたルベルトの肩も微かに震えていた。

「ディオン」

至近距離で聞こえたクラウスの声にギョッとして、アデラインは思わず後退った。

ディオンを呼んだクラウスの周囲から冷気が流れ出す。

「あーはいはい！　分かりましたよ。公女様、一緒にクレープを食べに行こう！」

「本当ですか？　ありがとうございます。では、よろしくお願いします」

手招きするディオンは逃げるように扉へ向かい、憮然としたクラウスに会釈をしてからアデラインも後に続いた。

バタンッ！

開いた扉から真っ暗な回廊へ出れば、勢い良く扉は閉まりアデラインの視界は暗闇に染まる。

「この通路さ、感覚を狂わすように出来ているんだ。作ったのはマスターなんだ」

ディオンに相槌を打ちながら、アデラインは彼との距離が近くなっていることに気が付く。

（もしかして、わたくしの歩く速度に合わせてくれている？　契約を結んだから？）

契約を結んだ相手へ、ディオンなりに誠意を持って接しているのかもしれない。

「マスターから、強い魔力とそれとは違う不思議な力を感じたわ。この十年で貴方達の力が増したのは、マスターの力があるのね」

強い魔力以上に気になったのは、カリスマ性というのか彼と視線を合わせた途端、全身に鳥肌が立ち惹き付けられるような感覚を覚えたことだった。

大人の色気や外見が美麗だ、とかいうレベルじゃない強制的な力を感じて本能が「危険だ」と警鐘を鳴らした。

「前のマスターの時は、汚いことも平気でやるしメンバーの質も酷かったらしいよ。屑達を粛清して今の形にしたのは、今のマスターだってさ。公女様は運が良かったな。マスターが依頼主をここまで特別扱いするのは初めてだ」

「求めている物を手に入れるために、わたくしが有益だと判断したからでしょう？」

「うーん、それもあると思うけど」

言葉を切って足を止めたディオンは、じっとアデラインの顔を見詰める。

「公女様のことを気に入ったんだと思う。俺に送っていけって命令するくらいだし。とにかく、これからは金狼がアンタを全力で守るから安心していてよ」

にっこり、という効果音が聞こえてきそうないい顔で歯を見せてディオンは笑った。

「はー……これがギャップ萌えってやつかしら」

「うん？　なんか言ったか？」

「あっいえ、何でもないです」

つい、心の声が漏れてしまったと気付いたアデラインは、笑って誤魔化す。

（ゲームではヒロインの命を狙って来るし、戦闘だと状態異常魔法を使う嫌な奴だったのに、味方になってくれたらこんなにも心強く感じるのね）

ゲームでのディオンは、王太子抹殺の任務のためにクラスメイトを操ってヒロインを襲わせ、笑いながら破壊行為をするような卑怯で嫌な敵だった。

（ふふっ、破滅回避のために敵を味方に付けるなんて、正しく悪役令嬢ね）

破滅フラグを折るためとはいえ、王太子側と敵対する闇ギルドを味方につけるのは〝悪役令嬢過ぎる〟行動で、アデラインは自嘲の笑みを浮かべた。

＊＊＊

扉が閉まり、ディオンとアデラインの気配が遠ざかって行ったのを確認して、クラウスは放出していた冷気を解除した。

椅子に腰かけたクラウスは、契約書を挟んだバインダーを机上に置き、アデラインから譲り受けた小瓶に右手をかざす。

「……精神を侵す毒か。こいつを分析したら、楽しめそうだな」

「誰が分析するんですか。人手不足なのに、余計な仕事を増やさないでください」

眉間に皺を寄せたルベルトは、わざとらしく溜息を吐いた。

「引き受けるとは思っていませんでした。ベルサリオ公爵の娘でしょう。いいのですか？」

「公女の話を聞いたら、記憶を消し外へ放り出すつもりだった。公女の言い分を信じて〝欠片〟を手に入れるためなら、意識を侵食して操った方が楽だからな。だが、あの目が気になった」

「目？」

光によって、青にも紫にも色合いを変える瞳は確かに珍しいとはいえ、レストレンジ王家の血筋に時折現れる色合いで、ルベルトには特段気になるものではなかった。

「全て見透かし達観したような目……魅了眼の効きも悪かったな。それと、酒場へ入る前から俺が監視していると分かっていたし、あの娘はただの世間知らずな公女ではない」

「偶然ではありませんか？」

「偶然かどうか、調べるために依頼を受けた。それと、公女に触れた時……」

両手のひらを見た後、クラウスは首を軽く横に振った。

「まあいい。王太子達の素行調査と、公女の護衛に誰をつけるのか決めるぞ」

「今、動ける者を探します」

渋い顔になったルベルトは、手帳を開き数ページ捲ってから閉じた。

「マスター、やはり今すぐに動ける者はいません。ディオンも別の依頼で動く予定です。しばらくは召喚獣を付けて監視しましょう。子犬に擬態させれば疑われないでしょう」

「……ディオンに割り振った依頼の契約書を寄越せ。それから、メイドとして潜入出来そうな最低限の教養と礼節を学んでいる者を一覧にしろ」

「え？」

手帳の紙面に、召喚獣の一覧が載っているページを出現させていたルベルトは、顔を上げて目を瞬かせた。言われた内容をすぐには理解出来ず、数秒考えてから顔を引き攣らせた。

「マスター、まさか……」

「護衛とメイド候補分の依頼は全て、俺が片付ければ早い。公女の依頼と〝例の依頼〟を同時に進め、どちらが俺とギルドにとって有益かは追々見極めればいい」

「分かりました」

クラウスが何を考えているのか分かったルベルトは、後始末のことを考えてキリキリと痛み出した胃の上を押さえた。

＊＊＊

闇ギルドのアジトとなっている酒場から広場へ戻り、ディオンが屋台で買ってくれた生クリームがたっぷり入ったクレープを見た途端、アデラインは目を輝かせた。

「わぁ、美味しそう〜」

生クリームと苺を一緒に食べると酸味と甘みが丁度良く、朝から気を張っていて疲れていた体が癒されていく。

（緊張していたから気が付かなかったけれど、わたくし昼食を食べていなかったわ）

空腹を自覚してしまうと止まらなくなる。

記憶に残っていてもこちらで食べ物の味を実感するのは初めてで、公園のベンチに座りファンタジーな街並みを眺めながら外で食べるのは気持ち良く感じて、目を細めた。

「美味しかった」

「あんたは幸せそうに食べるんだな」

闇ギルドの一員、ディオンへの警戒は彼の持つ人懐っこい雰囲気と、クレープを買ってくれたことで薄まっていた。口いっぱいに広がる生クリームと苺の甘酸っぱさで、やっと緊張から解放されたとアデラインは笑顔になる。

「気に入ったなら、もう一つ買おうか？」

「うん、はっ！　いいえ、一つで十分です。ありがとうございます」

頷きかけて、顔を赤くし慌てて首を横に振るアデラインに、ディオンはぷっと噴き出した。

公園から貴族の邸宅が建ち並ぶ通りまで歩き、一際目立つベルサリオ公爵邸の一部が見える場所でアデラインは足を止めた。

「どうしましょう。屋敷を囲む塀には、結界が張り巡らされているのを忘れていたわ。出てくる時は使用人に紛れて出て来たけど、どうやって中へ入るか考えていなかった。敷地内へ入れたとしても、今の時間は夕食の準備があるから使用人出入り口を使うのは無理だわ」

屋敷を出た時は、金狼と契約を結ぶことしか考えておらず、屋敷へ戻ることまで考えていなかった。正面から戻ることも可能だが、外へ出ていたのを周囲に知られてしまう。

「結界ねぇ。公女様は誰にも見られないように戻りたいんだっけ？」

「ええ。どこから入ればいいかって、えっ？　ちょっと」

塀を睨んでいたアデラインの肩にディオンの腕が回され、彼の方へ引き寄せられたと思ったら鼻先にシャツのボタンが当たる。

急に縮まった距離に驚き、声を上げようとしたアデラインの口をディオンの手のひらが覆った。

「しっ、黙っていて」

ディオンの指先が素早く動き、空中に描いた文字が銀色に輝き魔法が発動した。

「透けている？」

側にいるディオンの気配が薄くなったのを感じ、アデラインは自分の手を見て目を丸くした。

「じゃ、行こうか」

「きゃっ」

肩と腰に手を回して、アデラインを横抱きにしたディオンは、門へ向かって歩き出す。

「庭師の横を通り過ぎるまで、絶対に喋らないでね」

結界が張られている門をくぐり抜け庭園を歩く途中、剪定道具を片付けている庭師の横をすり抜ける。庭師は、アデラインの存在に気が付くことはなかった。

屋敷の玄関前まで歩くと、ディオンは二階のバルコニーを見上げる。

「公女様、しっかり俺に掴まっていて。跳ぶから」

ニヤリと笑ったディオンは、驚くアデラインを横抱きにしたまま助走をつけて地面を蹴った。


タンッ、タタンッ！


軽い動きで屋敷の外壁を蹴り、バルコニーの手摺に足を乗せて屋根まで跳躍した。

「ひっ」

跳躍したのだと理解した時には、屋根の上にいたアデラインは下を見てしまい、上げかけた叫び声は咄嗟に両手を口に当てて堪える。

「もう喋っても大丈夫だよ。屋敷全体にかけているだけあって結界自体は薄いな。この程度じゃ、俺の魔法は感知出来ない。公女様の部屋は、あっちか。飛び下りるよ」

屋根の上から夕陽に照らされた庭園を見下ろし、吹き抜けた風に飛ばされかけた帽子を片手で押さえながら、アデラインはディオンの腕にしがみ付く。

屋敷の屋根から飛び下りたディオンは、素早く自分の周囲に防音魔法を展開させバルコニーへ着地し、横抱きにしていたアデラインの腰を抱え、ゆっくりとバルコニーへ下ろした。

「はい、到着したよ」

「凄い。貴方の魔法は凄いのね。誰にも気付かれなかったわ」

感心したと素直に伝えれば、ディオンは得意げに目を細めて嬉しそうに笑う。

「俺の隠遁魔法を見破れる者はそういないからな。見破られるのはマスターくらい？　あの人は、色々と規格外だからね」

「屋根まで跳んで、バルコニーから部屋の中に入るなんて発想はなかったわ。クレープを買ってくれた上にここまで送ってくれて、ありがとうございます」

帽子を外して頭を下げるアデラインに、ディオンは目を丸くして戸惑いの表情を浮かべた。

「久し振りに食べたクレープは美味しかったし、公爵邸に侵入するのは楽しかったからいいよ。公女様の部屋を覗ける機会はそうないしね。だから公女様、頭を上げてよ」

「わたくしの名前はアデラインです。公女様ではなく、名前で呼んでいただけますか？」

今のアデラインは〝私〟の意識が強いせいか、「公女」と呼ばれるのはしっくりこなかった。

アデラインからのお願いに、数回目を瞬かせたディオンはゆっくりと頷く。

「分かったよ。アデライン、また会えたらその時はよろしくな」

「ええ。よろしくお願いします」

窓の鍵を魔法で開錠し、自室へ入ったアデラインが振り向いた時にはもう、ディオンの姿はバルコニーから消えていた。

庭園の植木が揺れているから、ディオンが門へ向かって走り抜けて行ったのは分かる。

門の側にある外灯の魔石に灯りを灯していた使用人は、すぐ横を通り抜けて行った風に動きを止めて首を傾げた。

(ゲームだと、嫌な魔法を使う敵だったけど、話してみると楽しかったな)

敵対しなければ、明るい性格で話しやすいディオンとは、良い友達になれそうだ。

(そういえばエリックに似ている。学園に入学する前のエリックも、素直で可愛い時期があった気がするわ)

照れるディオンの顔は、仲が悪くなる前のエリックに似ている気がして胸が苦しくなった。

(アデラインとエリックの関係は……うっ)

以前のアデラインは、エリックとどんなやり取りをしていたのか思い出そうとして……ズキリとこめかみに痛みが走った。

〝私〟の記憶が混じったためか、逆行の影響なのだろうか。以前のアデラインの記憶の一部が曖味になっているようで、エリックとのやり取りを思い出せなかった。

室内を見渡しながらベッドへ向かい、枕まで覆うようにして掛布を捲り中に入れていたクッションを取り出し、ゴロリとベッドに寝転がる。

（長時間歩いて足が痛いし疲れたわ。不在の間、パメラが部屋の中に細工していると思ったけれど、誰も入っていないようね）

今朝の脅しが効いたのか、パメラは言いつけを守り部屋へ誰も入らせなかったようだ。

（わたくしの専属侍女はパメラ以外いない。他の侍女はこの半年間で辞めてしまった。他にいないとはいえ、パメラを側に置くのも不安だわ）

屋敷に残っている使用人達を思い浮かべても、誰を側に置いたらいいのか分からない。

王太子がゲームヒロイン《リナ》と親しくなってから、気分が落ち込むことが多かった以前のアデラインは、パメラ以外の使用人から敬遠されていた。

新しい侍女を雇うにしても、エリックが手を回してアデラインを害しようとするかもしれないし、レザードも信用出来ない。

（殿下が彼女《リナ》に興味を持ち出した頃からアデラインは不安定になっていた。そして徐々に心を病んでいった）

少しのミスでも許せなくて、数人いた侍女を専属から外した。そのせいで、多くの侍女が辞めていったのだろうか。

（アデラインの癇癪に耐えられなくなったから、だったかしら？　違うわね。エリックとレザードが裏で手を回していたからよ。それに、何かおかしいと感じていても、レザードからの悪意には気付かないようにしていた。きっと、彼らのことを信じたかったんだわ）

　一番信頼していたレザードに陥れられたことを知り、茫然自失状態のアデラインは抵抗も出来ず、捕縛され、あの牢に閉じ込められた。

「可哀想なアデラインと〝私〟。レザードだけは味方だって信じていたのに」

　信頼していたレザードに陥れられ、絶望したアデラインの気持ちは痛いほど理解出来た。

　何故ならば、レザードは〝私〟の最推しキャラだったからだ。

　薄い金髪に切れ長の青色の瞳、高身長で細身でも護衛も務められるくらい鍛えており、服で隠れている体は筋肉質で騎士でも通じそうなくらいの良い体格をしていた。

　常に丁寧な言葉遣いと物腰で、アデラインが我儘を言ってもやんわりと窘めてくれる。

　冷静沈着に見えて、実は甘い物が好きで動物も好きという設定で、ゲームではアデラインから嫌がらせを受けたヒロインを陰で助けたり、泣いているヒロインにキャンディーを渡して慰めてくれたりと、女の子が憧れるような年上の男性だった。

　好意を抱いたヒロインへの想いと、幼い頃から仕えているお嬢様への情の間で葛藤するレザードの姿を画面越しに見て、〝私〟は身悶えていたものだ。

「ゲームと今は違う。最後まで揺れ動くなんて、決断出来ない優柔不断な男ってことじゃない」

　息を吐いてから、両腕に力を入れたアデラインは寝転がっていた体を起こした。

洗浄魔法を唱えて、汗ばんでべた付いていた肌をスッキリさせて、着ていたワンピースから室内着に着替えたアデラインはドレッサーの鏡を覗き込む。

「酷い顔色ね。やつれて見えるから、このままでいいか」

歩き疲れて陰のある顔も「体調が悪い」風にアデラインを見せてくれている。

解いて結び痕がついた髪を緩い三つ編みにして、肩から薄手のショールを羽織った。

パメラを呼んで飲み物を持って来てもらおうかと、ドレッサーの上に置いた呼び鈴を手にした時、窓の外から馬車が屋敷に近付いて来る音が聞こえ、呼び鈴から手を放す。

静かだった屋敷内に複数の使用人達が動き回る足音が響いた。

義弟達の帰宅を知ったアデラインは、部屋から出て階段の方へ向かった。


「おかえりなさい」

玄関ホールで使用人達に出迎えられていたエリックは、階段の上から声をかけたアデラインを見上げて表情を厳しくした。

「義姉様《ねえさま》、寝込んでいると聞きましたが、歩けるのなら問題なさそうですね」

誰が見ても美少年だと評するだろう綺麗な顔を歪め、敵意を込めて睨んで来るエリックを階段の上から見下ろし、アデラインは少しだけ残念な気持ちになった。

（〝私〟のお気に入り、可愛いと思っていたエリックの第一声がコレとは、残念だわ）

エリックは十三年前に亡くなった母親の実弟の息子で、アデラインにとって従弟になる。

従弟であろうと、物心つく前からエリックと一緒に育ってきたアデラインにとって、彼は大事な弟には変わりなかった。

焦げ茶色の髪と緑色の瞳はアデラインの母親と同じ色合いのため、彼がベルサリオ公爵の養子だと知らない者には実の姉弟に見えることだろう。

「酷い頭痛のため先ほどまで、食事も食べられず寝ていました」

棘のある言葉には気が付かないふりをして、アデラインは笑顔を作って答える。

「体調管理が出来ないのは、王太子殿下の婚約者としても相応しくありません。殿下とリナには僕から謝っておきましたよ。明日、義姉様からお二人へ謝罪をしてください」

「まぁ謝罪を？　主催者の殿下には謝罪しますが、何故、リナさんに謝罪しなければならないのですか？　わたくしは殿下と二人きりだと思っていました。それから、婚約者として相応しいかどうかはエリックが決めることではありません」

それに主催者の王太子はともかく、異世界人のリナにまで謝罪しろとはどういうことかと、アデラインは目を丸くした。

「学園以外でわたくしがリナさんに頭を下げることの意味を、ベルサリオ公爵家の一員としてよく考えなさい」

生徒の身分は皆等しいとされているのは、王立学園内だけであって学園外では通用しない。

学園外の出来事で、謝罪の言葉を口にして頭を下げるのはベルサリオ公爵家の威厳を損ねかねない。ベルサリオ公爵家の一員として教育を受けて来たエリックが、自分の感情を優先させるのかと呆れてしまった。

「……分かりました。婚約者として相応しいかは、殿下がお決めになることでした。しかし、リナは我が国を支えてくれる聖女候補です。多忙な彼女が義姉様のために時間を作ってくれたのに厚意を無駄にした、そのことへの謝罪は必要では？」

「ふふ、意外だわ。わたくしが欠席したことをそこまで気にするなんて。わたくしが出席しなければならない、特別な理由があったのね」

　婚約破棄宣言をする予定が狂っただろう王太子達の悔しがる様子を想像して、笑いが込み上げて来たアデラインは肩を震わせて笑った。

「な、何を、笑うのです！」

「だって可笑しいでしょう？　わたくしに対して悪い感情を抱いている貴方が、わたくしが欠席して喜ぶどころか悔しそうな顔をしているなんて。体調不良で出席して迷惑をかけるよりは、欠席した方が良いと判断したから欠席したのです。無理して参加して倒れたら？　そちらの方がご迷惑をかけるでしょう？　それから、わたくしは貴方の義姉です。嘘でも『大丈夫ですか？』の一言くらい言えないの？」

「それは……」

　ハッとしたエリックは、何かを言いかけて口を閉じた。

「わたくしの悪口という、貴方達が楽しめる話題を提供してあげたのですから、感謝してほしいわ。体調が悪い中、邪魔者扱いされると分かっているお茶会に参加などしません」

「僕は、義姉様のことを邪魔者などと、思っていません」

喉の奥から絞り出したような声で言い、エリックはアデラインから視線を外した。

身じろいだ際、エリックの首元に見えたあるモノ。それを確認するため、アデラインは手摺を持ちゆっくりと階段を下りていく。

気まずそうに視線を逸らすエリックとは対照的に、一歩下がって立っている執事のレザードは真っすぐにアデラインを見詰める。

「エリック、襟が汚れていますよ。これは口紅、かしら？　随分目立つところに付けられたのね。ふふっ、まさかエリックに口紅を付ける相手がいたとは。どなたかしら？」

「これはっ、ね、義姉様には関係ないでしょう！」

首を動かして、襟に付いた口紅の薄紅色を見たエリックは、声を上擦らせて動揺する。

「想い人との逢瀬は楽しい時間だったでしょう。ですが、婚約しているミリアンヌ嬢に対してとても不誠実な行動です。エリックだけでなく、我がベルサリオ公爵家の評価も下げてしまう。婚約者がいる間は、想い人とは節度ある関係でいなさい。それから、提出期限に遅れた課題は大丈夫ですか？　教科担当の先生が心配していましたよ」

「それは……、課題のことを、何故義姉様などに……」

「優秀だった貴方が、勉学を疎かにするようになったからでしょう。殿下やリナさんと一緒に遊ぶのは、課題を忘れるほど楽しいのね」

眉間に皺を寄せて眉を吊り上げたエリックは開いていた口を閉じて顔中を赤く染めた。

婚約者に対して不誠実だったこと、王太子に誘われるままに遊んでしまい課題が提出期限に間に合わなかったことの自覚はあるらしい。

自分のことしか考えられない愚弟が、ベルサリオ公爵家の評価を下げていると少しでも理解してくれればいいと、アデラインはエリックの目を見詰めた。

「勉強は取り戻せても、ミリアンヌ嬢の心は取り戻せなくなるわよ」

「くっ」

婚約者であり幼馴染みでもあるミリアンヌの名前を重ねると、エリックは言葉に詰まる。

ミリアンヌは、ゲームヒロインがエリックと親しくなるのを邪魔して来る、いわゆるライバル令嬢だった。

エリックルートでのハッピーエンドでは、アデラインと一緒にヒロインに嫌がらせを行ったと断罪されたミリアンヌは、罪を犯した貴族の女性が送られる辺境にある修道院へ送られる。

全ての攻略対象者のルートでヒロインを虐め、処刑もされるアデラインよりはマシな結末とはいえ、エリックの婚約者になったせいでミリアンヌは女性としての未来を奪われてしまう。

学園内に限るが、アデラインの記憶ではミリアンヌはリナに関わろうともしていないし、エリックとも距離を置いているようだった。

「僕は……リナのことは大事な友人だと思っています」

敵意を隠さずに噛み付いて来た、最初の勢いが嘘のような小さな声で言うエリックの表情には、はっきりとした苦痛が浮かんでいた。

「友人ですか」

（口紅を付けた相手がリナさんだって認めたのに、彼女のことは「友達だ」なんて、浮気がバレた時の常套句みたいじゃない）

　真面目で責任感が強く人望もあるエリックでも、恋愛脳になってしまえば周りが見えなくなる、年相応の少年なのだ。

　保護者の庇護下から出て、社会人を数年経験していた〝私〟からしたら子ども過ぎて、考えの甘さを鼻で笑ってしまった。

「……疲れたので休ませてもらいます」

「あら」

　どんな反論をしてくれるのかと、身構えていたアデラインはアッサリと引いたエリックの態度に拍子抜けした。

　項垂れて力なく階段を上がっていくエリックに、まさかこの程度の言葉で傷付いたのかと、首を傾げながらアデラインは義弟の後ろ姿を見送った。

「アデラインお嬢様、少し言い過ぎではありませんか？」

　階段を上りきったエリックの姿が自室のある廊下の奥へ消えていったタイミングで、それまで黙っていたレザードが口を開いた。

　低くて落ち着いた声を聞く度、彼が側にいると安心していた。

　普段は「お嬢様」と呼ぶのに、アデラインに言うことを聞かせたい時にだけ「アデラインお嬢様」と呼ぶのを、狡いと思いつつ嬉しかった。

（でも、こうも違うのね）

残念ながらレザードに名前を呼ばれても、〝私〟が混じったアデラインは嬉しくない。

ゲームでは、レザードがヒロインへかけていた声は優しかった。今のレザードがアデラインへかけた声は、「ヒロインに対するものとは違う」と今なら分かる。

「レザード」

一歩、レザードとの距離を縮めて、彼と視線を合わせる。

〝私〟の推しだったレザードに近付いても、やはり胸のときめきは生じなかった。

「貴方もわたくしの側を離れて、随分楽しんでいたようね」

「いいえ。お嬢様のことが心配でしたから、心から楽しめませんでした」

嫌味を込めて言っても、レザードは表情一つ動かさない。

（心配？　口だけで全く感情がこもっていないわ。今ならレザードから見下されていたのだと分かる）

レザードは幼い頃からアデラインのたった一人の心のよりどころだった。

（幼くして母を亡くし、母と似た面差しと色合いの義弟を可愛がる父親……）

母親を亡くして悲しくとも、父親には甘えられずに一人膝を抱えて泣いている、幼いアデラインの姿が脳裏に浮かぶ。

（得たかった愛情を得られなかったアデラインは、レザードのことを兄のように慕っていたのね。

〝私〟はレザード推しだったけど、それは自分がヒロイン視点の時だけだわ）

〝あること〟に気が付いたアデラインの手に力がこもっていく。かつての推しに近付いて湧き上がる感情は、ときめきの代わりに嫌悪感だった。

「レザード。貴方の服から、エリックの服に移った香りと同じ香りがするわ。殿下はどこでどんなお茶会を開いたの？」

「香り、ですか？　ああ、庭園の花の香りでしょう」

首を動かしてジャケットの胸元を見たレザードが腕の辺りを軽く叩き、花の香りに混じる微かな加工された香りと魔力が強くなる。

　毛髪とは違う、レザードの全身に絡み付くキラキラ煌めく何かが見えた気がして、目を凝らすと糸のようなものが見えて目を瞬かせたが、あっという間にそれは消えてしまった。

「どうかしましたか？」

「いえ、どうもしないわ。想い人が望むだろう行動をしても、執事である貴方は彼女を手に入れられないわよ。どんなに頑張っても、貴方の身分は殿下とエリックには敵わない。わたくしよりも賢いレザードだから、それは分かっているのでしょう？」

　普段はレザードの言葉を素直に受け止めるアデラインから、小馬鹿にした口調で諭すように言われてレザードの表情が変わる。

「それは、分かっております」

「体調を崩したわたくしの心配もせず、エリックについて行った執事など信用出来ない。わたくしの執事を解任します。これからはエリック専属の執事になりなさい」

「お、お嬢様、突然何をおっしゃるのです！　旦那様には何とご説明するつもりですか⁉」

数秒固まったレザードは驚愕の表情を浮かべ、立ち去ろうとしたアデラインの二の腕をショールの上から勢い良く掴んだ。

「放しなさい。お父様には事実を伝えます。貴方の立場をわきまえない振る舞いと、他のことも伝えましょうか？」

「私を外してどうするのです？　お嬢様のことを一番理解しているのは私ですよ！」

声を荒らげたレザードにいつもの余裕はなく、アデラインは驚きで目を丸くした。

（なんなの？　わたくしのこと嫌っていたんじゃないの？　リナさんのことが好きなんでしょう？　わたくしのことを一番理解しているのは自分？　うわぁ、なんかもう嫌だ。気持ち悪い）

二人のやり取りを遠巻きで見ていた使用人達も、普段穏やかなレザードが声を上げたことに驚き、彼を制止しようと動き出すのがアデラインの視界の端に見えた。

「手を放しなさい。わたくしの何を理解していると？　残念ながら、貴方は今のわたくしのことを何一つ理解していないわ。なんかもう、貴方のことが生理的に無理なのっ‼」

アデラインの絶叫が玄関ホール中に響き渡り、その場にいた者達の動きが止まる。

「は、生理的に……？」

「生理的に無理」という、想定したことのない言葉を投げつけられ、口と目を大きく開けて呆然となるレザードの手から力が抜けていく。

茫然自失状態で停止するレザードの横をすり抜け、遠慮がちに声をかけてきたエリックの護衛から封筒を受け取ったアデラインは、逃げるように自室へ戻った。

「はぁー……」

扉に鍵をかけ、ふらつく足を動かしソファーまで移動して倒れるように座り、アデラインはようやく息を吐く。

ショールを外すと、レザードに掴まれた左の二の腕にはくっきりと指の痕が付いていて、背中が寒くなった。

ショールを羽織り直したアデラインは、テーブルの上に置いてあるペンケースからペーパーナイフを取り出す。部屋に戻る前にエリックの護衛から渡された封筒の端を切り、入っていた紙を取り出した。

ペーパーナイフで封筒の端を切り、手紙を取り出そうとした時に一瞬だけ、薔薇に似た香りがして軽い眩暈がした。

書かれている内容を読んでいくうちに、アデラインの眉は吊り上がっていく。

「はぁ？」

手紙を摘んでいた指に力が入り、小刻みに震える紙に皺が寄っていった。

（週末にもう一度お茶会を開くですって？　リナさんがわたくしのことを心配しているから？

もう少し信憑性のある理由にしてほしいわ）

手紙はお茶会の最中に書いたのだろう、王太子自筆の文は走り書きに近い雑な文字で、彼がどれだけアデラインを軽んじているのかが伝わってきた。

書き間違いは黒く塗りつぶしてあり、誰かに確認させないで書いたのだろう。

文字を見ているだけで腹が立ってきて、千々に破り捨ててやりたくなるが後々の証拠物として使えるかもしれないと、自分に言い聞かせて堪える。

（どうしても茶番劇をやりたいのね。婚約破棄宣言なんて放課後か休み時間で済ませばいいのに。学園内で騒ぎを起こせば教師達の耳に入り、国王陛下に伝わり面倒なことになるということは分かっているのね。それとも、ゲームの展開通りにお茶会でやらなければならないという、強制力が働いているのかな？）

書かれている文を睨み過ぎて、痛み出したこめかみを人差し指で押さえた。

「公女」

「きゃあぁ、むぐっ」

声に驚き、悲鳴を上げたアデラインの口を、背後から黒革の手袋をはめた手が覆う。

気配も感じさせず背後に現れた手のひらの主から、鼻をつく鉄錆の香りがしてアデラインの全身に鳥肌が立った。

「侍女も側に置かず、一人でいるとは不用心だな」

背後から聞き覚えのある声が聞こえ、アデラインは目だけを動かして彼の姿を確認する。

施錠したはずの室内に現れたのは、数時間前に契約を結んだ恐い男だった。

口を覆っていた手が外れ、アデラインは背後を振り返り、ギョッと目を見開いた。

「あ、貴方、どうしてここに？　この屋敷には、結界が張られているのよ」

「こんな程度の結界など、俺にはないものと変わらない」

不敵に笑ったクラウスは数時間前に闇ギルドで会った時とは違い、黒色のスラックスと黒色のコートを羽織った全身黒ずくめで、黒革の手袋をはめた右手は抜き身の長剣を握っていた。抜き身の長剣の刃部分には装飾とは違った赤い色が付着し、黒色のコートにはよく見ると血液らしい液体が飛び散っているのだ。

レースのカーテン越しに射し込む月明かりに照らされたクラウスの姿は、いくら黒装束が似合っていても顔が良くても血塗れでは、人外の存在に見えて恐怖の感情しか抱けない。

「あの、怪我を、しているの？　大丈夫？」

絶対に違うと分かっていても「誰の血？」とは問えず、アデラインの声が震える。

「ああ、これは全て返り血だ。気にするな」

クラウスが剣を軽く振れば、瞬く間に剣は空中に溶けるように消えていった。

（返り血……返り血って、危ない仕事をしてきたってこと？　気にするなって、いきなり血塗れで現れたら、気になるでしょう！）

突っ込みたくとも怖くて突っ込めず、振り返ることも出来ないアデラインの指先に力が入り、つい摘まんでいた手紙の両端をぐしゃりと潰す。

「公女に伝えることがあったため、依頼を片付けてそのままここへ来た」

ソファーの後ろから、足音を立てずにクラウスはアデラインの前へ移動する。

「伝えること、ですか？」

ただ前に立っているだけなのに、クラウスからの圧力が強くてアデラインは背凭れにぴったり背中を付け、見下ろしてくる深紅の瞳を見上げた。

抜き身の剣を手にして返り血の付着したコートを着た姿は、若い女性の部屋を訪れる格好として完全に間違っている。

それは、アデラインを怯ませて契約を破棄しやすくするためか。それとも、金狼にとってアデラインの存在は不利益だと判断されて、存在を消しに来たのか。

（いえ、契約は簡単に破棄出来ないはず。ここへ来た理由は何にしても、この男は普通の感覚を持っていないんだわ）

緊張で全身を強張らせるアデラインを見下ろし、僅かに口角を上げたクラウスは目を細めた。

「屋敷での護衛として、隠密活動が得意な者を側につける。学園での護衛はディオンをつけるつもりだ。ディオンも公女のことを気にしていた」

「ディオンさんが護衛に？」

確かに、ディオンの優れた隠遁魔法と高い身体能力は護衛に向いていた。

能力以外でも、話しやすい雰囲気を持つディオンが護衛についてくれるのはありがたいし、クラウスに忠誠を誓い契約で縛られている相手の方が信頼は出来る。だが、アデラインには一つだけ気になることがあった。

「マスターさん。大変ありがたいのですが、ディオンさんは学園では目立ちませんか？」

赤みの強い橙色という、珍しい髪色のディオンは目立つ。

隠遁魔法を使えば目立たなくても、学園は授業以外の魔法の使用は原則禁止されている。護衛が目立ってしまったら、面白おかしい噂を立てられてしまう。

（それに、万が一の可能性もあるわ。リナさんがわたくしと同じくゲームの知識を持っていたら……絶対にディオンさんに気が付く。彼はただの脇役じゃないから）

ゲーム中、数回ヒロインと戦う彼は戦況が不利になってくると途中で逃走するため、最後のクラウス戦前まで倒せない。何度も登場するため、認知度はクラウス以外の他の敵よりも高かった。快活な口調と爽やかな見た目で、ディオンは女性からの人気も高かったはず。

「気になるのなら、髪と瞳の色は変えさせる」

「いいのですか？」

「依頼によって外見を変えることもある。ギルドに所属している以上、ディオンは俺に文句を言えない。で、公女……ソレはどうした？」

話を変えたクラウスが指差したのは、アデラインが両手で持っていた手紙だった。

「これは、王太子殿下からのお誘いの手紙です。わたくしが異世界人の彼女への嫌がらせをしたと、参加者達で責め立てるつもりでしょうね。その後、婚約破棄されるのかな？」

力が入っていた指を手紙から外し、半分に折って膝の上に置いたアデラインは苦笑いする。

「王太子殿下にとってはわたくしの非で婚約を破棄し、異世界人の彼女と婚約を結ぶという大事な場であり、参加者達にとっては娯楽になるのでしょうね」

「小僧共のくだらない御遊戯会だな」

小馬鹿にして嗤ったクラウスの視線は、アデラインの膝の上にある手紙に固定されていた。

「……公女、この手紙を開いてから体の異常はあるか？」

「異常、ですか？　開封した時、強い香りがして少し目の前が霞んだくらいです」

「その程度か。お前は少々鈍いのか。否、違うな。変わった魔力を持っているからか、耐性があるのか……それにしても……俺が、……とは、妙だな」

口元に手を当てたクラウスは自問自答するように呟き、数秒思案して答えを導き出したのか口元から手を外した。

「今後、外部から届いた手紙や贈り物は全て、金狼から来るメイドに渡せ」

「手紙に有害な物が入っていたのですか？　どうして殿下はそんなことをしたの……」

開封した時に香った薔薇の香りは、最近若い女性に人気のある文具専門店の香りを染み込ませてある便箋を使ったのかと、大して気に留めなかった。

唇をきつく結んで俯いたアデラインは、膝の上に置いた手紙に視線を落とした。

「公女」

腕を伸ばしたクラウスは、俯くアデラインの膝の上から素早く手紙を抜きとった。

「あっ」

驚くアデラインを横目にチラリと見て、クラウスは折り曲げた手紙を開き内容を一読してから、紙の表面に手をかざして魔力を解析する。

「呪詛だ。呪詛と言っても弱いものだが、公女には効果はなかったようだな」

「そう、ですか……そこまで嫌われていたのね。婚約を解消したいと面と向かって言ってくれれば、わたくしもお父様にお願いするのに呪詛ですか」

信じられないという思いと逆に、自分を疎ましく思う婚約者ならやりそうだと納得する。

平気だと言いたいのに声は震え出し、最後は弱々しいものになっていた。

呪詛を込められていたという事実が心に重くのしかかり、〝私〟の意識よりもアデラインの抱いていた想いが強くなっていく。

（殿下との間に恋愛感情はなくてもいい。政略上必要な婚約だと納得していた、というのは嘘だわ。だって〝アデラインは、殿下に恋していた〟）

以前のアデラインは、ヒュバードを恋い慕っていた。だから、今のアデラインが平気だと思っていても、胸が締め付けられるように痛くなり体が小刻みに震え出すのだ。

「公女の護衛につけていた護りの動きが、結界によって鈍くなっていたようだ。契約を守れなかった詫びとして、この手紙を書いた者と呪詛を込めた者へ少し嫌がらせしてやるよ」


ボウッ！

クラウスの手から漆黒の炎が出現し、手紙は瞬時に灰と化し、消えた。

「呪詛を倍にして、かけた者と命じた者へ返した」

左手人差し指と親指で右手にはめている黒革の手袋を外し、クラウスは俯くアデラインとの距離を縮める。

「だから、泣くな」

そっと乗せられた手のひらが、俯くアデラインの頭をゆっくり撫でる。

言われてから自分が泣いていると知り、アデラインが頬に触れると確かに涙で濡れていた。

「契約が終了するまで、俺がお前を害するもの全てから守ってやる」

報酬しだいでどんな依頼も引き受ける闇ギルド、金狼の冷酷なギルドマスター。

頭を撫でる彼の手の大きさと温かさと、数時間前は恐怖の対象だったクラウスの意外な行動にアデラインは戸惑った。

人前で泣くのは恥ずかしくて涙を止めたいのに、泣いていると自覚してしまうと涙は止まらなくなる。

「ありがとう、ございます」

止めたくても止まらない涙を流しながら、アデラインは唇を動かして無理やり笑みを作るが、明らかに強がっている弱々しい表情になってしまった。

干からびてしまうのではないかと、不安になるくらい流れた涙が止まったのは、泣き出してか

ら十五分以上経ってからだった。

　腫れて重たくなった目蓋にハンカチを当てて、アデラインは側に置いた椅子に足を組んで座るクラウスを見る。

（アデラインの中で〝私〟の意識が目覚めてから、全く休む暇もなかったわ。マスターの前で泣いたのは恥ずかしいけど、おかげでスッキリした。わたくし、泣きたかったのね）

　何も言わずに、泣き止むのを待ってくれたクラウスは辛抱強いというか、敵対すると恐ろしい相手でも味方には優しいのかもしれない。今だって、アデラインが何か言いたげにしていると察して、口を開くのを待っていてくれているのだから。

「あの、わたくしが学園を休学して国外へ出るのでもいいかなと、思いました。勿論、依頼料は支払います。貴方がたには、国外へ出るまで護衛をしていただくのはどうでしょう？」

「休学も出国も駄目だ」

「どうしてですか？」

　目元からハンカチを外して、顔を上げたアデラインはクラウスに問う。

「一度結ばれた契約の変更は出来ない。変更出来るのは、依頼主の意思がなくなった時のみだと伝えたはずだ。すでに王太子達の素行調査は始まっている」

「契約は、そうでしたね」

（感情に引き摺られて、契約の変更は不可だと、ペナルティがあることを忘れていたわ）

　確かに契約書には「変更出来るのは、依頼主が死亡または意思疎通が出来なくなった時のみ」

と書かれていた。契約はそう簡単には解約出来ず、違反すればペナルティが科される。

「王太子共は放課後の時間を楽しく過ごしている。貴族御用達のレストラン、服飾店、仕立て屋……。レストランでは飲酒をして騒いだらしい。店側には権力をチラつかせて、黙らせたと報告を受けた。未払いの代金に修繕費など、請求書と意見書が大量に王宮へ届くだろう」

「短慮な方だと知っていたけど、学園外で問題を起こすとか本当に馬鹿だわ」

はぁーと、アデラインは溜息を吐く。

請求書と苦情が王宮へ届いたら、ヒュバードは国王にどんな言い訳をするのだろうか。

「その騒ぎに、エリックも参加していたのね。大概のことは、お父様の耳に入る前にレザードが揉み消す。堕落まっしぐらね」

嫌な図式を思い浮かべて、アデラインは下唇をきつく結んだ。

「公女との契約もそうだが、素行調査をして公女を追い込もうとしている王太子はどんな阿呆なのかと、気になったのと、異世界人に群がるガキ共を潰してやりたくなった」

「え、潰す？」

物騒な言葉が聞こえて、アデラインは思わず背凭れに寄りかかっていた体勢から上半身を動かし、前のめりになった。

「つ、潰すとは、どういう意味で、ですか？」

ヒロインと取り巻き達の人間関係を潰すのか。それとも、彼らの存在を潰す気なのか。

〝私〟の記憶によれば、マスターはギルドに所属している猛者達を従えるほどの実力があり、目的のためなら不要だと判断したものは切り捨てる。設定資料には、最凶のキャラクターだと書かれていた。冷酷無比なこの男なら、王太子でも躊躇なく潰しそうで背中が寒くなった。

若干顔色を悪くしたアデラインの問いに、「さて？」と小首を傾げたクラウスは口角を上げてニヤリと笑った。

「異世界人は希少で、この世界に新たな知識を与えてくれる者もいる。だが、その娘は普通の学生並みの知識しか持っていないようだ。聖属性だとしても、聖女扱いするほどの魔力はなく、見た目も惹かれるほどではない。お前の方が、いや」

言いかけて止まったクラウスは唇に指を当てて横を向く。

クラウスの言葉を聞き取れなかったアデラインはキョトンと目を丸くした。

「他の干渉でもない限り、王太子や高位貴族の子息達に取り入ることなど出来ないだろう。どうやって小僧共を夢中にさせたか、公女は気にならないか？　どういう力が働いているのか調べるついでに、公女を陥れようとした小僧共を潰してやるよ」

「危険ではありませんか。もしも、その干渉する力が貴方に働いたらどうするのです？」

その干渉する力がヒロインによる強制力だったら……クラウスも強制力に絡めとられてしまう可能性がある。興味を持って近付き彼女に惹かれるか、ゲーム通りラスボスにされて彼女の恋を盛り立てる役割を担うかもしれない。

「俺は精神干渉の力には惑わされない。出来るとしたら聖王か竜王くらいだ。契約を結んでいる間は公女を裏切ることは出来ない。公女は普段通りに生活していればいい。それと……」

肘掛に手をつき椅子から立ち上がったクラウスは腰を折り、アデラインの肩にかかっているショールを剥ぎとった。

「これはどうした？」

ショールで隠れていたアデラインの左の二の腕に、くっきりと付いた紫色の内出血の痣。

先ほどレザードに掴まれて、二の腕についた指の形をした内出血をクラウスは睨む。

「あ……これは、わたくしの自業自得です。大したことではありません」

アデラインが手で覆い隠そうとするよりも早く、クラウスの指先が動いて内出血の痣に回復魔法をかけた。

暖かな薄黄緑色をした光が、内出血と痛みを癒やしていく。

「あ、ありがとうございます」

「自業自得だろうと、守るという契約だ。お前が望めば、痣をつけた者を始末してくるが？」

覗き込んでくる深紅の瞳には冷たく剣呑な光が宿っていて、アデラインが頷けば今すぐレザードは命を落とすだろうことは容易に想像出来た。

「い、いいえ、始末しなくてもいいです。彼には違う形で仕返しをしますから」

「ふっ、それは残念だな」

両手を振って慌てるアデラインの肩にショールをかけ、クラウスは愉しそうに笑った。

＊＊＊

クッションにもたれかかり、左手にスマートフォンを持った〝私〟は、右手で画面をスクロールして【君と紡ぐ恋の魔法】公式ＳＮＳを眺めていた。

画面をスクロールしていた指が止まる。視線の先には、画面に表示された『君恋二周年記念イベント』のカラフルな文字。

（記念の限定シークレットストーリーって、ファン投票の結果を反映するんだ。ファン投票なら、一番人気があった「ラスボスが攻略出来る」ってやつになるかな？）

指を動かして画面をスクロールし、イベント告知文の続きを読んでいく。

投票出来る『見てみたいストーリー』の項目を見て、どれに投票しようか考える。

首を動かして、テーブルの上にある卓上カレンダーを確認して、二周年記念イベント解禁の日までの日数を数えた。

「配信まで、後一か月かぁ、楽しみ～！」

嬉しさと高まる期待から、〝私〟は両手を上げて歓喜の声を発した。

＊＊＊

動かした腕がヘッドボードに当たり、アデラインの意識が覚醒していく。

室内へ射し込む朝日は、天蓋から垂れる薄いカーテン越しでも眩しくて、目元を手で覆いながら薄っすら目蓋を開いた。

「ここは……」

天蓋の天井を見上げて、アデラインは今の自分の状況を思い出す。

（ここは……アデラインの部屋だわ。アデラインになったのは、夢じゃなかったのね。体が重いし足も痛い。昨日は泣き疲れて寝てしまったんだわ。闇ギルドマスターに泣き顔を見られて、慰められるなんて。それに……どうしよう）

泣き顔を見せたせいか、若干態度がやわらかくなった気がするクラウスとの、別れ際のやり取りを思い出したアデラインは両手のひらで顔を覆った。

『じゃあ、またな公女』

テラスへ続く窓を開いたクラウスは、首を動かしてアデラインへ別れの言葉を伝えた。

『マスターさんもお気を付けて。これからよろしくお願いします』

ぎこちなく微笑んでアデラインが返答すると、クラウスは体を動かして振り返った。

『……クラウスだ。名前で呼べ』

『名前で？』

『そうだ。ディオンのことは名前で呼んでいただろう。公女は大事な依頼主だからな。特別に俺の名前を呼ぶことを許してやる』

契約を結んでとりあえず敵にはならないとはいえ、ゲームでは冷酷無比のラスボスでもある闇ギルドマスターの名前を口にするのは躊躇する。

むしろ特別に許可してくれなくてもいい。とは思っても声に出せなかった。

何を考えているのか分からない表情で、アデラインを見詰めているクラウスからは無言の圧力を感じ、名前を言わなければ彼は帰ってくれないだろうと悟った。

『クラウスさん、おやすみなさい』

『ああ』

短く返したクラウスは身を翻してテラスへ出ていった。

一瞬だけ見えた、真一文字に結ばれていた彼の口元がほころんでいた気がして、アデラインは暫くの間その場から動けなかった。

（闇ギルドマスターなのに名前で呼べとか、本当にあの人はゲームでヒロイン達を窮地に追い込んだ極悪非道なラスボスなの？　怖いけど……敵にならなければ優しいのかも。でも、考え方が普通ではないことは確かだわ）

　普通の男性だったら、抜き身の剣を持った血塗れの姿で女性の部屋へは来ない。

　顔から手を外したアデラインは、サイドテーブルの上に置いた時計を見て溜息を吐いた。


　コンコンコン。


　ドアをノックする音が室内に響き、パメラが来たのかと腕に力を入れて上半身を起こした。

「……どうぞ」

　ノックした相手へ、入室許可を伝えればすぐに扉が開く。

「おはようございます」

　ワゴンを押して部屋へ入って来たのは、パメラではなく黒髪を後頭部の低い位置で結った、背の高い女性だった。

「……おはよう。貴女は誰かしら？　パメラはどうしたの？」

　屋敷に勤める使用人全員の顔と名前は把握しきれていないとはいえ、記憶を探っても涼し気な目元とクールな凛とした雰囲気を持つ彼女の顔と名前は分からない。

「新しくお嬢様の専属となったラザリーと申します」

ラザリーと名乗った女性は頭を下げて、ワゴンを押してベッドの手前まで来るとハンドルから手を放し、素早い動きでアデラインの側へ近付いた。

「マスターの命令により、お嬢様の護衛を担当します。お嬢様に敵意を抱く者や、私が害になると判断した者は全て速やかに排除いたします。安心してお過ごしください」

目を丸くするアデラインの耳元へ、物騒な言葉を伝えてからラザリーは一歩下がった。

（クラウスさんの言っていた護衛は彼女のことだったのね。でも、闇ギルドメンバーにラザリーという名のキャラはいたかしら？）

〝私〟の記憶を探っても、ゲーム内では闇ギルドメンバーに女性は出て来ない。

「排除、ですか。それはどういう意味で、言っているの？」

「勿論、お嬢様の視界から消します」

その場から遠ざけるのか。それとも存在そのものを消すのか。

怖くなってきて、問うアデラインはラザリーの目を見て身震いした。

（彼女の言う排除とは、存在そのものを消すことね。わたくしかマスターの命令があれば、殿下達を抹殺するつもり？）

寒気がしてきてアデラインは自分の二の腕を抱く。金狼のメンバーは、物騒な考えを持っているのだと理解した。

「えっと、そんな過激なことはしなくても」

　バンッ！

　困惑したアデラインの声は、勢い良く開いた扉の音によって掻き消された。

　開け放った扉から室内へ飛び込んで来たのは、血相を変えたパメラだった。アデラインへ駆け寄るパメラの前に瞬時に移動したラザリーが立ち塞がる。

「そこのお前！　どきなさい！　お嬢様！　何故私を専属から外したのですか！」

「朝から騒がしい。お嬢様に対して無礼な態度と、職務怠慢が発覚して外されただけでしょう」

「何ですって⁉」

　目を吊り上げたパメラは、立ち塞がるラザリーを睨み付ける。

「お嬢様！　お嬢様の専属は私一人で十分です！　レザード様は私を専属から外すのも、新しいメイドを専属にするのも許可していないとおっしゃいました！」

「私がお嬢様の専属となることは、執事長から許可されました。使用人の雇用についての権限は執事長にあります。貴女はお嬢様が体調を崩されていたのに、就寝の支度すらしなかった。よく自分こそが専属なのだと言えますね」

　感情を排除した声で淡々と言うラザリーに圧され、顔を赤くしたパメラは何も言い返せないで押し黙った。

（そういえば、昨夜は誰もわたくしの様子を見に来なかったわ。人払いしていたとしても、マス

ターが何かやったとしても、専属ならわたくしに声くらいかけるわね）

お茶会から帰宅したエリックは、玄関ホールに集まった使用人に出迎えられていた。これがアデラインだったら、出迎えてくれるのはレザードとパメラの二人だけだ。

使用人達の態度だけでも、アデラインとエリックとの扱いの差は明らかに違う。昨夜は食事も飲み物も用意されておらず、入浴から就寝準備は全て自分でやった。

（ベルサリオ公爵の実子はアデラインだけなのに、ここまで軽んじられているなんて。お父様がエリックを可愛がっていても、使用人が公女を軽んじていいわけない。こんな環境では性格が歪んで、ヒロインに嫌がらせをしても仕方ないじゃない。パメラも専属を外される不満を叫ぶよりも、昨夜声すらかけなかったことへの謝罪が先でしょう！）

沸々と湧き上がってくる怒りと甲高い声に、目の奥が痛み出したアデラインは、右手で目元を押さえて息を吐いた。

「……パメラ、寝起きに貴女の甲高い声を聞いて頭が痛くなってきたわ。今日はもういいから下がっていなさい。エリックの身支度を手伝ってあげて」

「お嬢様!?」

「昨日、貴女のことは信用出来ないと言ったでしょう。例の毒は、成分調査を屋敷外の者に依頼しました。信用出来ない者は近くに置けません。調査結果が出るまで、わたくしに近付くのを禁じます」

強い口調でアデラインが言い放てば、パメラの顔色は青へと変化しブルブルと震え出す。

「ラザリー」

「はい」

目元に当てていた右手を放し、アデラインは顔色を蒼白にして立ちつくすパメラを指差す。

「今すぐに部屋から追い出して」

「分かりました」

頷いたラザリーは、素早い動きでパメラの左手を掴み捻り上げた。

「痛いぃ！　放しなさい！」

腕を捻り上げられたパメラは、苦悶の表情を浮かべて掴まれている手を外そうと藻掻くも、腕を捻り上げるラザリーの力は強くなっていく。

「お嬢様お許しください！　私は小瓶をドレッサーに置くように命じられただけです！」

自由になる方の手を伸ばし、必死の形相でパメラはアデラインへ許しを請う。

「命じられたから、お嬢様の触れる場所に毒を紛れ込ませた？　十分、害そうとしているでしょう。少し黙りなさい」

ガッとパメラの顎を掴み、視線を合わせたラザリーの瞳に魔力が集中する。

「ひっ……あ」

大きく目を見開いたパメラの瞳から生気が消え、彼女の全身から力が抜けていった。

ラザリーが掴んでいた手首を放しても、項垂れて目を見開いたままのパメラは動かない。

「暗示をかけました。私の支配下に置いたので今後、この女がお嬢様に近付くことはないでしょう。ではお嬢様、支度をしますので起きてくださいませ」

「わ、分かったわ」

　虚ろな瞳で立っているパメラの姿を見ていたアデラインは、表情を変えずに淡々と言うラザリーの声で背筋を伸ばした。

(暗示って何をしたの？　支配下って……精神干渉をしたの？)

　何らかの魔法を使ったのは分かっても、何の魔法をパメラにかけたのかは分からない。

　ゲームヒロインは聖属性で勿論使えなかったし、精神に干渉するのは闇属性の魔法が多く攻略対象キャラで使えたのは二人だけ、それも戦闘中のみだった。

　他人の意思を意のままに操る魔法を、無詠唱で使えるラザリーはかなりの実力者だ。

　パメラに部屋の外へ出るよう指示したラザリーは、ベッドから下りたアデラインの洗顔と着替えを手際良く手伝う。

　身だしなみを整えたアデラインが椅子に座り、テーブルの上には朝食の皿が並べられた。

　作られてから時間が経っているのに、保温効果のある皿のおかげで出来立てのように温かい。

　まともな食事が食べられてアデラインの頬がほころんだ。

「食事には全て解毒魔法をかけてあります。安心してお召し上がりください」

「え？」

　スプーンを持つ手を止めて、アデラインは口に運んだスープを凝視した。

「調理場にギルドの者を入れるよう伝達しました。夕食からは、安全な食事を用意させます」

「……ありがとう」

　食事の中に毒が入れられていたのだと思うと、食欲が減退していく。

（今までも毒を入れられていた？　きっと犯人は屋敷内の……最悪だわ）

　食欲が減退しても、折角用意された食事は残せない。息を吐いたアデラインは、止まっていた手を動かしてスープを口へ運んだ。


　朝食を終えたアデラインは、部屋の窓からエリックが乗った馬車が出て行くのを見送り、ドレッサーの前で身だしなみをチェックする。

「わたくしもそろそろ出るわね」

　二か月ほど前までは、アデラインとエリックは一緒に登校していた。

　放課後に用事がない時は下校も一緒で、普通の姉弟関係を築けていたのに辺境伯子息を通じてリナと親しくなってから、一方的にエリックはアデラインを避け出した。

　表向きの理由は、委員会の仕事があるため。だが〝私〟の記憶では、委員会の時間はリナと二人きりで過ごせる時間なのだ。

（好きな女の子との時間を確保したいから早く登校するって、いかにも思春期男子らしいじゃない。リナさんが王太子ルートを進んでいるなら、エリックの想いは報われないわね）

「お嬢様」

　扉の前で鞄を持って立つラザリーに声をかけられて、アデラインは彼女の方を向いた。

「お嬢様が学園で学ばれている間、室内の掃除をしておきます。少し物が減るかもしれませんが、必要な処分だとご了承ください」

「分かったわ。ラザリー、わたくしも貴女に頼みたいことがあるのだけど……」

息を吐いたアデラインは、ラザリーの耳元に顔を近付けて頼みごとを伝える。

「かしこまりました」

口角を僅かに上げたラザリーは、胸元に手を当てて頭を下げた。

学園へ向かう馬車に乗り込んだアデラインは、窓から外の風景を眺めながら学園生活について以前のアデラインの記憶を探る。

ゲームでは授業を受けて知識の能力値を上げていき、授業の合間に委員会活動や友達と交流という名のミニゲームを行う。放課後は、学園内を自由に動き回り攻略対象キャラと会話をして、彼らの好感度を上げていくというシステムだった。

攻略対象キャラや友人との交流、勉強の両立を簡単にやれるゲームと現実は違う。

前のアデラインは他の生徒の模範になるよう、放課後は図書館と自室で予習復習を欠かさずして、常に上位の成績を維持していた。

(殿下はアデラインに嫉妬し、真面目で面白みがない婚約者だと思っていたのね。年頃の少年が天真爛漫な女の子に惹かれたのも分かる。不誠実なのは変わらないけど)

授業はアデラインの中にある知識でカバー出来る。問題は授業以外の学園生活だった。

学園に近付くにつれて憂鬱な気分が増していく。

馬車から降りて校舎内へ入ったアデラインへ、生徒達から様々な視線が向けられる。

以前は多くの生徒がアデラインに挨拶をしていたのに、遠巻きにされているのは生徒達にとって今のアデラインに挨拶をしても、メリットよりもデメリットが大きいからだ。

（腫れ物扱いをされている。王太子から嫌われている上に、リナさんに嫉妬し、嫌がらせをしているアデラインと親しくしたい者はいないわよね）

面倒な相手に近付きたいと思わないだろうし、貴族に属する者はメリットのない相手とは付き合おうとしない。残念ながら、友人と呼べる相手はアデラインにはいなかった。

『契約が終了するまで、俺がお前を害するもの全てから守ってやる』

クラウスの声が聞こえた気がして、アデラインは鞄の持ち手を握る手に力を入れた。

（強制力があろうと、クラウスさんと闇ギルドの方々が守ってくれる。だから大丈夫）

大丈夫だと、何度も自分に言い聞かせて教室へ向かった。

アデラインが所属している二年Ｂ組の教室は教室棟三階にある。ヒュバードとカルロス、ブライアンは隣のクラスＡ組の所属だ。

楽しそうに会話をしていた二年Ｂ組の生徒達は、アデラインが教室に足を踏み入れた姿を見た途端、一斉に口を閉ざした。

「お、おはようございます」

以前は親しく話しかけてきた女子生徒は、擦れ違いざま小声で挨拶をして視線を逸らす。

「おはよう」

（一部の生徒は、わたくしが登校したことを驚いている？　王太子主催のお茶会で断罪されると知っていた生徒がいるのね。監視役の生徒もいるかもしれないわ）

平然とアデラインが登校したことに、戸惑う生徒に気付かないふりをして席に着いた。

「職員室の前を通った時に聞いたのだけど、今日から編入生が来るそうよ」

「本当？　どんな方かしら？　素敵な方だといいわね」

女子生徒達の会話が聞こえ、鞄から教科書を出していたアデラインは顔を上げた。

（編入生？　もしやクラウスさんが言っていた護衛、ディオンさんのこと？）

編入生の話をしている女子生徒達へ声をかけようか迷っている間に、朝のホームルームが始まる鐘が校舎中に鳴り響く。

鐘が鳴り終わる前に教室の扉が開き、出席簿を小脇に抱えた担任の男性教師がやって来る。

教卓の前に立った担任教師は、席に着いている生徒達を見渡してにっこりと笑った。

「おはようございます。皆さんに嬉しいお知らせがあります。今日から学友が一人増えます」

担任教師から知らせを聞いた生徒達の間にざわめきが起き、廊下側の生徒達は廊下に立つ編入生の姿を確認しようと窓の方を見る。

「君、入って来てください」

廊下にいる編入生へ向かって、担任は教室に入るように手招きする。

教室へ入って来た編入生に女子達は色めき立ち、アデラインは目を丸くした。

（ディオンさん、ううん。違う？）

黒髪黒目の転入者は、昨日出会ったディオンとよく似ているが、身に纏う色と雰囲気が違う。

編入生の髪は橙色の髪ではなく黒色、瞳も黒色に変わっていた。

「さぁ、名乗って」

担任教師に促されて、一歩前へ出た編入生はゆっくりと口を開いた。

「ディオ・カルスです。実家は貿易商を営んでいます。よろしくお願いします」

ディオと名乗った編入生が頭を下げると、生徒達から拍手が巻き起こる。

下げていた頭を上げた際、前髪を指で軽く払ったディオとアデラインの目が合った。

視線がぶつかった一瞬、口角を上げた彼は抑えていた魔力を解く。

（この魔力は隠遁魔法？　やっぱり彼はディオンさんなのね）

覚えのある魔力を感じ取り、アデラインは彼が闇ギルドメンバーのディオンだと確信した。

「では、君の席は……ちょっと、君！」

担任から指示される前に歩き出し、一番後ろの席に座るアデラインの隣の机へ鞄を置く。

「先生、俺の席はここでいいです。丁度空いているみたいですし。よろしく」

満面の笑みを浮かべたディオは、昨日、別れ際に見たディオンそのものだった。

生徒達が動揺する気配を感じながら、アデラインは隣の席に座った『ディオ』に会釈をした。

「……よろしくお願いします」

（ディオンさんはどうやって短時間で学園へ編入出来たのかしら？）

王立学園の警備体制は王宮並みに強固なもので、金狼でも侵入するのには時間がかかるはずだ。契約を結んだのは昨日なのに、こんなにも早く護衛が来てくれるとは驚きだった。

他国からの編入生という設定と、学園への編入手続きはたった一日では難しいのに、それを可能にしてしまう力が金狼にはあるのだ。金狼が恐ろしくも、頼もしく思えた。

「やはり、貴方達は凄いですね」

「だろ？」

気付いてもらえて「嬉しい」という感情を表に出して、ディオンは歯を見せて笑う。

アデラインは、この後の変化への期待で口元を緩めた。

＊＊＊

生徒達からの視線と、前時間までの授業内容を問うディオンからの質問攻めによって、授業の内容がほとんど頭に入らない一時間が過ぎてようやく休み時間になった。

「でさ、この学園の学食では何が一番オススメなんだ？」

「オススメと聞かれても、ほとんど学食は利用したことがないので分かりません。食べたことがありませんが、限定ランチセットは人気のようです」

「じゃあ、今日の昼は学食へ行ってみようぜ」

「一緒に、ですか？　昼食は持参しているので学食は利用しません」

誘いに頷きかけて、我に返ったアデラインの声は裏返ってしまい、素っ頓狂な声になる。

「当たり前だろ。俺は食堂の場所知らないし、ついでに案内してくれよ」

次の教科書を机の上へ出して、アデラインは溜息を吐いた。

(わたくしを誘ってどうするのよ。皆さん興味津々で見ているじゃないの)

生徒達からの視線を感じているはずのディオンは、アデラインの側から離れようとせず他愛もない話を続けている。これでは、「王太子の婚約者という立場を忘れて編入生と親しくしている」という、事実を装飾した話が流れるのも、白い目で見られるのも時間の問題だ。

「ディオさん。わたくしは皆さんに避けられていますから、親しくしていたら面白おかしい話を作られてしまいます。そうなると今後、わたくしにとって不利になるかもしれないわ」

アデラインの声は、焦りから段々と周囲に聞こえるほど大きくなっていた。

「んー、俺は別に話を作られてもかまわないけどな。アデラインと仲良くなるのが駄目だとか、露骨に避けようとするなんて、ここの奴らは幼稚なことするんだな」

椅子の背凭れに寄りかかったディオンは、視線を動かして教室内にいる生徒達を見た。

ディオンからの圧力を感じ取った生徒達は、慌てて視線を彼から逸らす。

目立つ行動は慎んでもらいたいと、アデラインが口を開きかけたタイミングで、授業開始のチャイムが鳴り響いた。

周囲からの興味津々という視線を気付かないふりをして、時折話しかけてくるディオンの相手をしていたアデラインは、午前中の授業の終わりを告げるチャイムの音に安堵の息を吐く。

「アデラインは食堂に行かないのか？」

「行きません」

きっぱりと言い、アデラインは首を横に振った。

特別教室棟一階にある食堂は、ゲームではイベントが何度か発生する。食堂は、メインキャラ達に遭遇する可能性の高い危険な場所だと判断した。

「先ほどお伝えしましたが、昼食は持参しています。中庭で食べるつもりです」

机の横にかけてあるトートバッグから、ランチバッグを取り出して机の上に置いた。

「ふーん、じゃあ俺も一緒に中庭で食べようかなー」

「ええっ⁉」

用意されたお弁当箱はアデライン一人分にしては大きいとはいえ、人目のある中庭でディオンと二人で食べるのは色々と面倒なことになる。

驚くアデラインとの距離を瞬く間に縮め、ディオンは彼女の耳元に顔を近付けた。

「ラザリーが用意した弁当だろ？　俺には『自分で用意しろ』って用意してくれなくってさ」

「ちょっと、近いわよ。離れてっ」

「一緒に食べるなら離れる」

ニヤリと笑ったディオンは、アデラインの肩を抱き彼女の動きを抑えた。

「わ、分かった。分かったから離れて」

「了解」

降参したアデラインの肩を抱いていた手が外れ、ディオンとの隙間が少しだけ大きくなる。

教室内には他の生徒は残っておらず、廊下にいる女子生徒達もアデラインとディオンのやり取りに気が付いておらず、安堵の息を吐いた。

「ちゃんと確認しているから大丈夫。じゃ、行こうか」

ランチバッグの持ち手を握ったディオンは、アデラインへ笑いかけて歩き出した。

教室から移動するのが遅くなり、すでに中庭に設置されているテーブル席は昼食を食べる生徒達で満席だった。

「なーアデライン！　こっちの席空いてるぜ」

手を振って名前を呼ぶディオンの声に、アデラインは驚き、動きを止める。

「わ、わたくしは一緒でなくとも大丈夫、って、ちょっと！」

大股で近付いたディオンは、がしっとアデラインの手首を掴む。

「俺の言う通りにして」

どうしたのかと、不思議に思ったアデラインは顔を上げて……ディオンの背後に見覚えのある生徒達の姿を見付け身構えた。

「アデラインだと？　何故、ここにいる」

険のある声を発した男子生徒は、アデラインとディオンを交互に見て眉を吊り上げた。

赤みがかった金髪と碧眼のいかにも王子様といった容姿の王太子ヒュバードと、彼の後ろにいる黒髪黒目の異世界人リナ、二人の護衛のように立つ王宮騎士団長子息カルロス。

アデラインに続いてヒュバード達が登場したことで、中庭で昼食を食べている生徒達からさらに視線が集まる。

（何故、殿下がここに来るの？　ヒロインと一緒に食堂の一角を陣取って、大好きなランチセットを食べていなさいよ。あら？　頬はどうしたのかしら？）

眉間に皺を寄せるヒュバードの右頬は、大きなガーゼで覆われておりアデラインは内心首を傾げつつ、それには触れず平然を装う。

「嫌なのはこちらも一緒だ」と、感情を表に出さないよう表情筋を動かして、唇を笑みの形に変えたアデラインは彼らに会釈した。

「殿下、ここは中庭ですよ。昼食を食べるために来てはいけませんか？」

俺様王子様な強気な性格のヒュバードは、顔は良くても〝私〟の苦手なタイプだった。

苦手でも、まだ画面越しだったらヒュバードの攻略を進められた。画面越しではなく、対面で苦手な相手と対話することが苦痛だと、改めて知った。

「昼食？　またリナに嫌がらせをしようとして、ここへ来たのではないのか？」

腹の立つ言いがかりに反論しようと、口を開きかけたアデラインの前へディオンが出る。

ディオンの体が壁になり、ヒューバード達の姿が一時的に見えなくなった。

「アデラインをここへ連れて来たのは俺だ。嫌がらせをするなんて、幼稚でくだらないことは考えてないし、ただ昼食を食べに来ただけだよ」

「お前は……他国からの編入生か。はっ、アデライン！　他の生徒から距離を置かれているから、今度は編入生に擦り寄っているのか。惨めだな」

生徒達から距離を置かれている原因は何か、瞬時に理解したアデラインの頭の中が沸騰していく。下唇を噛んだアデラインは横へ動いて、壁になってくれているディオンの隣に立った。

「プッ、あははは！」

突然腹を抱えて笑い出したディオンへ周囲の視線が集まる。

「お前、何が可笑しい？」

怪訝そうに眉を顰めたヒューバードには答えず、ディオンはアデラインの肩に手を置く。

「距離を置かれているのはアンタが原因だろう？　はっ、惨めだと？　俺がアデラインにくっついているだけだ。アデラインは綺麗で可愛いからな」

口調だけは軽く、声に微かな魔力を乗せたディオンの言葉は、中庭にいる生徒達の耳へ届く。

「……わたくしが、可愛い……？」

「可愛い」と言われただけで、怒りに染まっていたアデラインの苛立ちが鎮まっていき、恥ずかしくなってきて熱を帯びる両頬に手を当てる。

「はぁ？　お前、何を言っているんだ？」

臆することなく自分へ反論し、アデラインを可愛いと言うディオンに対して返す言葉が出て来ず、ヒュバードも困惑の表情を浮かべた。

「アンタは自分の婚約者のことを何にも知らないんだな。まさか王太子が自分の言動の影響力、責任にも気が付かないとは、ヤバいぞ。これがこの国の王太子か」

笑みを消したディオンは、ゾッとするほど冷たい笑みを浮かべた。

雰囲気の変化を感じ取り、アデラインの背中を冷たいものが走り抜けていく。

ディオンの今の任務はアデラインの護衛。ヒュバードがアデラインに苦痛を与える相手だと判断すれば、彼を排除するつもりなのだ。

「殿下」

深呼吸をしてアデラインは一歩前へ出る。

「わざわざ一年生の教室へ行くほど、わたくしが暇だと思っているのですか？　リナさんには、頼まれても近付くつもりはありませんし、興味もありません」

「なんだと？」

素直な気持ちを伝えれば、何故かヒュバードは目を見開き絶句する。

「わたくしのことが不快だと騒ぐのでしたら、今すぐこの場から立ち去ってください。先にここへ来たのはわたくし達ですし、殿下が他の方々の食事を邪魔しています」

アデラインが周囲に目を向けると、聞き耳を立てていた生徒達は一斉に下を向いた。

「同じ空間にいるのが不快だからという理由で、わたくしにこの場から去れとおっしゃるのでしたら……生徒指導担当のジョージ先生に相談しなければなりません」

義理人情に厚いが不正は許さない厳しい生徒指導担当教諭の名を聞き、ヒュバードの顔色が悪くなっていった。

ヒュバードが黙ったため、どうしたものかと視線を横へ動かしたアデラインは、リナと目が合う。恋人のヒュバードが困っているのに、全く表情を変えていないリナの黒色の瞳には、何の感情も浮かんではいない。

(どうしてあんなに冷ややかな目で殿下を見ているの？　リナさんと殿下は恋人関係ではなかったの？　もしかして、本命は他にいるの？)

逆行前のお茶会の展開から、リナは王太子ルートを進んでいると思い込んでいたアデラインの心に不安が生じる。

(誰が本命かはおいおい考えればいいわ。今は彼らを追い払うことが先よ)

リナが誰のルートを進んでいるのか気になっても、このままだと昼食休憩時間が終わってしまう。どう茶番を切り抜けようかと考えていると、隣に立つディオンが鼻で嗤う音が聞こえた。

「アンタの主張は分かったから、どっかに行ってくれないか。アンタ達がいると昼食の邪魔になる」

「なん、だと」

信じられないモノを見る目で、ヒュバードはディオンを見た。

中庭の時計で時刻を確認したアデラインは、ディオンの方を見上げて唇に人差し指を当てて「黙っていて」と伝える。

「殿下、昼食の時間がなくなってしまいます。話し合いが必要でしたら、放課後にしましょう」

昼食休憩の時間は半分近く過ぎてしまっている。これ以上の会話はお互い時間の無駄だし、アデラインは他の生徒達の見世物になる気もなかった。

「待て！」

ズカズカと足音を立てて、リナの傍らで傍観していたカルロスがアデラインの前へ出て来ると、顔に怒りの感情を浮かべてディオンを指差した。

「先ほどから黙って聞いていれば、編入生もアデライン嬢も、殿下に失礼なことを言うな！」

「は？　お前、俺に喧嘩を売っているのか？」

表情から笑みを消したディオンの口調が変わる。

纏う雰囲気が変わったことに気が付き、アデラインはディオンの腕に触れた。

「ディオさん、駄目ですよ」

今にも攻撃をしかけそうだったディオンは、アデラインの一言で剣呑な雰囲気を消す。

「カルロス君！」

ディオンの変化に気付けないカルロスへ駆け寄ったリナは、彼の腕に自分の腕を絡めた。

「カルロス君、待って！　ヒュバード様もやめてください。ランチは食堂で食べましょう」

密着した腕を引き寄せ、リナは自分の方へカルロスの注意を向けさせる。

「わ、分かった。食堂へ行こうか。カルロス、離れろ」

「申し訳ありません」

顔色の悪いヒュバードから離れるよう命じられ、カルロスは腕に絡まるリナの手をやんわりと解き、ディオンを睨む。

「編入生、明日はクラス合同での実技授業がある。ぜひとも、俺と手合わせをしてもらおうか」

「実技ねぇ……いいぜ。楽しみにしている」

片手を軽く振ったディオンは、愉しそうに目を細めて笑った。

「殿下」

一触即発を回避させて安堵の息を吐く前に、アデラインは食堂へ向かおうとしていたヒュバードへ声をかけた。

「先日は折角のお誘いを欠席して申し訳ありませんでした。次回はお詫びの品を持って参ります。それから、頬に触らない方がいいですよ」

顔のガーゼを気にしていたヒュバードは、アデラインから指摘を受けて顔を赤く染める。

「ヒュバード様、行きましょう」

ヒュバードが口を開くより早く、リナはカルロスと一緒に食堂へ向かって歩き出す。

顔を歪めたヒュバードは小さく舌打ちし、リナとカルロスの後を追って行った。

（ゲームでは殿下がメインヒーローなのよね。睨まれても、顔のガーゼが気になって全く迫力は感じなかったわ。リナさんは殿下のどこがいいのかしら？）

　悪役令嬢視点で見ていたからか、ヒュバードとカルロスの魅力が全く分からなかった。

　ヒュバード達の姿が完全に見えなくなってから、生徒達は止まっていた食事を再開する。

「想像以上の酷さだな。女の子を怒鳴りつけるなんてさ。この国の王太子は何をしても許されるのか？　周りにいる奴が何も言わないのも、俺は信じられないな」

「ちょっとディオさん、声が大きいですよ。わたくし達もここから離れましょう」

　発言の影響力を考えないヒュバードと、諫めない周囲がおかしいのは同意するが、生徒達に聞こえるようにわざと大声で言うディオンに、アデラインは苦笑いしてしまった。

「皆様、お騒がせしてしまい申し訳ありませんでした」

　中庭を見渡したアデラインが頭を下げれば、生徒達からはざわめきが生じた。

（婚約者に暴言を吐いた王太子と、頭を下げて生徒達に謝罪した公爵令嬢。さて、皆さんはどんな噂にして広めてくれるのかな）

　内心舌を出したアデラインは、ディオンの手からランチバッグを奪う。

「わたくし達も行きましょう」

　生徒達の視線を背中に浴びながら、アデラインは中庭の奥へ向かって歩き出した。

「ここまで来れば誰もいないわね」

中庭から実技訓練場近くまで歩き、人気がないベンチを見付けて足を止める。

ディオンに促されて、アデラインはベンチに腰かけてランチバッグを膝の上に置いた。

「さっきは怒ってくれてありがとう」

「どういたしまして。喧嘩を売ってきたヤツを黙らしてやりたかったけど」

「それは駄目。わたくしを危険な目に遭わせたって、マスターに言いつけますよ。貴方、カルロス様からの申し込みを受けていたけど、剣技は得意なの？」

不安気なアデラインからの問いにディオンは首を傾げた。

「んー、得意ではないな。どちらかといえば、暗器と格闘技の方が得意。でもアイツに負けるほど俺は弱くないし。面倒になったら毒針でブスッとヤルよ。この指輪に毒針が仕込んであって、オークくらいだったら一撃で処理出来る」

冷たい目になったディオンは、愉しそうに右手人差し指にはめた指輪をアデラインに見せる。

「授業ですよ」

「ははっ分かっている。やり過ぎないようにするから、応援してくれよ」

軽やかに笑われると、アデラインの心の底で燻ぶっていた苛々が失せていく。

ランチバッグから取り出した手拭きをディオンに手渡して、お弁当箱の蓋を開いて驚いた。

「……なるほど」

隙間がないくらい詰められた、サンドイッチと一口大にカットされた林檎とオレンジは、一人分にしては量が多過ぎる。アデラインが誰かと一緒に食べることを見越して用意したのだ。

サンドイッチを前にして目を輝かせているディオンも、自分の分が用意されていると分かっていたに違いない。

「どうぞ」

「やったぁー」

アデラインから許可されたディオンは、サンドイッチを一つ掴んで勢い良く頬張った。


昼食休憩時間の出来事は、想定していたよりも早く生徒達へ広がっていったらしい。

クラスメイト達から気を使われているのを感じ取ったアデラインは、居心地の悪さに身を縮めさせて午後の授業を受けた。

放課後になり、帰宅しようとしたアデラインはレザードの姿を捜して、彼を専属から解任したことを思い出した。

（そうだった。レザードを解任したのを忘れていたわ）

〝私〟の意識が混じったからか、レザードが側にいない寂しさなど感じない。ただ、少しだけ胸の奥が苦しくなっただけだ。

「あっ」

持とうとした鞄の持ち手をアデラインよりも早くディオンが握り、ランチバッグ入りのトートバッグと一緒に持った。

「じゃあ行くか」

「行く？」

どういうことかと、アデラインは目を瞬かせる。

「屋敷まで送るよ。勿論周りから見えないようにする。俺の役目は、学園から屋敷までの護衛だからね」

「護衛、そうだったわね。ありがとうございます」

クラスメイトとして接しているから、ディオンが護衛だということを忘れかけていた。

ディオンに馬車乗り場まで送ってもらい、アデラインは待機していた馬車に乗り込む。

（はぁ、疲れたわ。この調子でいって、週末まで頑張れるかな）

一人になってようやく、アデラインの体から力が抜けていく。座席の背凭れに寄りかかり、目蓋を閉じた。

迎えに行くと言ったラザリーからの申し出を断って良かったと思う。短時間でも、一人になる時間は必要だ。

（強化された馬車とディオンさんの護衛。大丈夫。何も起きないわ）

不安が拭えないのはきっと、校舎を出る前にディオンが呟いた言葉だろう。

『あいつら、姫を守る役に酔っていたな。あの様子じゃ、何か企んでそうだな。潰すか』

不穏な言葉を呟いたディオンの顔つきは、昨夜、部屋へやって来たクラウスと同じ真っ黒な顔つきだったのだ。

（潰すってどういう意味だろう。明日の実技訓練はやり過ぎないと信じたいわ。そういえば、リナさんの本命はカルロス様……ではないわね。誰なのかしら？　あら？）

ぼんやりと窓からの景色を見ながら、中庭での出来事を思い返していたアデラインは、目を瞬かせた。

（あの後ろ姿は……殿下？　一緒にいたのは、学園の生徒？）

大通り沿いに建つ、半年ほど前に開店した若者に人気のカフェ。

オープンテラスの席に座り、談笑する男子学生の中にヒュバードが混じっていた気がした。

（いくら短慮な方でも、襲撃されやすいオープンテラス席に王太子がいるわけはないか）

窓越しに見えるカフェの建物が視界から消えると、アデラインは首を横に振った。

「お帰りなさいませ」

馬車から降りて来たアデラインをラザリーが出迎えた。

いつも出迎える数人の使用人の姿がない。レザードがいなければ出迎えすらしないのか。

「ここまで軽んじられていたのね」

「お嬢様が望まれるのでしたら、全ての使用人を躾けておきましょうか？」

「躾……必要ないわ。そんなことより、今は部屋で休みたいわ」

鞄をラザリーに渡したアデラインは階段を上り自室へ入ると、制服から部屋着に着替え真っすぐにソファーに向かった。

ポットを手にしたラザリーが蜂蜜入りの紅茶をティーカップへ注ぎ、蜂蜜の甘い香りと紅茶の香りが部屋中に広がる。

「美味しい。紅茶を淹れるのも上手なのね。サンドイッチも美味しかったわ。ありがとう」

カップに口をつけて、紅茶を一口含めば蜂蜜の甘みで疲れが癒されるようだった。

カップをソーサーに置いて、背凭れに寄りかかったアデラインは目蓋を閉じた。

「お嬢様、お疲れのところ申し訳ありません」

目を細めて紅茶を飲むアデラインの側から離れて、隣室へ向かったラザリーは両手で大きな木箱を持って戻って来る。

「お部屋を調べた結果、これらは害のある物でした。金狼が責任をもって処分します」

木箱の中に入っていたのは、最近購入した物ばかりだった。

中には気に入っていた髪飾りと、愛用していたペンとインクが混じっており、眩暈がしてきたアデラインは額に指を当てた。

「……そう。こんなに沢山、私を害する物があったのね」

見覚えのないイヤリングは、エリックに命じられたパメラが紛れ込ませたのだろう。

「もういいわ。これらの処分をお願い」

顔を背けたアデラインはラザリーに木箱を下げさせる。

蓋を閉めた木箱を部屋の隅へと置き、ラザリーは空になったティーカップに紅茶を注ぐ。

「それから、マスターからお嬢様へ伝言を預かっています」

「伝言？」

「『明日の夜、部屋へ行くから寝ないで待っていろ』だそうです」

「ええっ？」

驚いて体を揺らしたアデラインは、危うく持っていたティーカップを落としそうになった。

動揺して震える手でティーカップをソーサーに置く。

（夜、寝ないで待っていろって、どういう意味？　どういう意図があって部屋に来るの？　まさか、昨日泣いていたことを気にかけている？　そんなまさか。依頼のためならどんな汚い手も使う闇ギルドマスターで、冷酷非情なラスボスでしょう？）

『俺がお前を害するもの全てから守ってやる』

依頼主だから守ってくれるのだと分かっていても、顔と声が良過ぎる男に言われると勘違いしそうになる。頭を撫でた彼の手の感触を思い出して、アデラインの頬が赤くなっていく。

「では、夕食の準備をしますね」

熱くなった頬の熱を冷まそうと、両頬に両手を当てるアデラインを横目にラザリーは部屋を出て行った。

＊＊＊

深夜、アデラインが眠ったのを確認したラザリーはメイド服から黒ずくめの服へと着替え、木箱を入れた袋を背負った。

「お嬢様、お休みなさい」

部屋にかけている守護魔法を強化し、窓からベランダへ出ると手摺に足をかけて飛び下りた。

音もなく建物の屋根から屋根へ飛び移り、向かう先は王都の外れに在る酒場だった。

冒険者達で賑わう酒場の奥、許可された者以外は辿り着けない部屋の扉を開く。

部屋の入口に立つルベルトには目もくれず、一直線に椅子に座るクラウスの前へ向かい屈むと床に片膝をついた。

「マスター、戻りました」

「ああ。公女の様子はどうだ？」

クラウスから問われたラザリーは、下に向いていた顔を上げる。

「学園から帰られたお嬢様は、大変お疲れの様子でした。そして、お嬢様はマスターの伝言に大変驚かれていましたよ」

「そうか。ディオンの話では、学園は公女にとって安全な場所ではないらしいな」

「お嬢様にとって安全ではないのに、ディオンは何もしない、と？」

それまで無表情だったラザリーの眉間に皺が寄っていく。

「ディオンにも考えがある。学園で騒ぎを起こすな。しかし、公女は驚いていたのか。いきなり来るなと言っていたから先に伝えたのに、面倒な女だな」

「……失礼いたしました」

立ち上がったラザリーは、背中に背負っていた木箱の蓋を開けてクラウスへ差し出した。こちらが御指示で検分した結果でございます」

「フンッ、精神に作用する物ばかりだな。しかし、この色は……気に入らない」

木箱に入っていた大粒のエメラルドを使ったイヤリングに眉を顰めたクラウスは、人差し指と親指でイヤリングを摘んで魔力を込める。


パキンッ！


クラウスの魔力に耐えきれず、エメラルドは粉々に砕け散った。

砕け散ったエメラルドは、魔力による高温の熱によってジュッと音を立てて溶けていく。

「呪詛は全て分析し、製作者に返しておけ」

エメラルドが砕け散り、金属部のみになったイヤリングの残骸を床に投げ捨てたクラウスから命じられ、ルベルトは眉を顰めた。

「全て、ですか？　この感じだと呪詛を付与したのは二、三人でしょうけど、返したら製作者は狂うと思いますよ。付与師は貴重なのに、勿体ない」

「貴重だと？　この程度の呪詛しか付与出来ぬ付与師などいらん。俺がやった方が効果はある」

「それは、そうでしょう。だってマスターは……」

目蓋を閉じたルベルトは、続く言葉の代わりに盛大な溜息を吐いた。

「呪詛返しは空き時間にやっておきます」

遠い目をしたルベルトは木箱の蓋を閉めて、魔力を帯びた指先で空中に魔法文字を描く。

木箱の周りに乳白色の魔法陣が出現し、魔法陣に吸い込まれるように木箱は消えていった。

「明日からは、お嬢様のご依頼で屋敷の探索と帳簿の整理に着手します。学園が安全ではないのでしたら、お迎えに行くことも考えております」

イヤリングが砕け散ったのを目にしても、ラザリーは顔色も変えず淡々と明日の予定を話す。

「手がほしいなら影を貸す。だが、契約終了まではやり過ぎないようにしろ」

「はい」

頭を下げたラザリーは微かに口角を上げ、クラウスに背を向けて扉へ向かって歩き出す。

「失礼しました」

振り返って頭を下げたラザリーがドアノブに手をかけると、魔法で施錠されていた扉が開き部屋の外へ出ることを促した。

＊＊＊

扉が完全に閉まりラザリーの気配が離れてから、渋い表情でいたルベルトが口を開いた。

「マスター、もしや……至急必要だと言い私に用意させたアレは、公女に渡すつもりですか？」

「そうだ。公女には護衛と俺の使い魔を渡しておく。公女はこの先、俺には必要となる」

「……そうですか」

あっさり認めたクラウスの返答を受け、ルベルトの口元がひくひくと痙攣する。

「公女に入れ込み過ぎですよ。利用価値があるとしても、貴方がそこまでしなくてもいいでしょう？　もう一つの依頼を放置するつもりですか？」

「何とかするのがお前の役目だろう」

「はぁ、簡単に言ってくれる……」

項垂れたルベルトの顔の動きに合わせて、眼鏡のフレームもずり落ちそうになった。

「……マスター」

数秒思案したルベルトはゆっくりと顔を上げた。ずれた眼鏡のフレームを元の位置へと戻す。

「私の主観で何とかしてしまいますよ。少々、刺激的になりますが、よろしいですね？」

「契約を完遂出来れば手段は任せる。公女はあの契約主以上に大事な契約主だからな。報酬をもらうまでは丁重に扱わなければならない。それだけだ。いや、それだけではないな」

腕組みをしたクラウスは、学園でアデラインを見送りそのままアジトへ戻って来たディオンからの報告を思い起こす。

『王太子の取り巻きは潰してもいいか？　アデラインを怒鳴りつけたアイツ、喧嘩を売って来てムカついた。異世界人の女、アイツも面倒くさそうだ』

柔和な仮面の裏で、人一倍警戒心の強いディオンが肩入れするのは珍しいことだった。そして、報告を気にするほどクラウスがアデラインに関心を抱いているのも事実だ。

「駄目ですよ。貴方がこれ以上動いたら面倒ごとが、いえギルドが破綻してしまいます。よく考えて行動してください」

「破綻か。それも面白そうだな」

「マスター!?　うっ」

深紅色の瞳に残酷な光を宿らせて嗤うクラウスが大人しくしていようとなどは考えていないと分かり、ルベルトは痛み出した胃の周辺を押さえた。

第３章．◆巻き戻り三日目。周囲と自分の変化に気付く

翌朝、玄関ホールへ続く階段を下りている途中で、一階の奥から出て来たレザードとエリックの姿が視界に入り、アデラインの足が止まった。

「おはようございます」

一昨日のことがなかったように、いつもと同じ感情の読めない表情でレザードは頭を下げた。

（エリックは今から登校するのね。別々の馬車でも登校が重なるのは嫌だわ。レザードと朝から話したくないし。一旦、部屋へ戻って出かけるのを待った方が無難ね）

「ラザリー、戻るわよ」

自室へ戻ろうと、アデラインは後ろを歩くラザリーの方を向いた。

「お嬢様」

執事であるレザードから声をかけてきた以上、無視は出来ずにアデラインは振り返る。

「……おはよう。何か用かしら？」

普通の対応をしなければと、分かっていても不機嫌な声が出てしまう。

「今日もお一人で登校されるのですか？」

「ええ。一人で登校する方が気楽だと気付いたの。ラザリーも迎えに来てくれるし安心よ」

ラザリーの名前を口に出した途端、アデラインを見るレザードの表情が険しくなる。

「お一人の登校は危険です」

「一人は危険、ね」

　アデラインの口角が上がる。

「そういえば、昨日は学園の近くの道で馬車の横転事故が起きたそうね。わたくしが通った直後の事故だったらしく、時間がずれていたら危うく巻き込まれるところだったわ」

　学園から屋敷へ向かう途中の大通りをアデラインが乗った馬車が通り抜けた直後、後ろを走っていた馬車の車輪が道に出来ていた穴にはまって横転したのだ。穴を回避出来たのは、ディオンのおかげだろう。

「どうやらわたくし、危機回避能力が高いみたい」

　口元だけの笑みを浮かべたアデラインを見上げ、レザードは眼鏡のフレームに指を当てる。

「お一人で登下校されるのでしたら、御者に慎重に進むように伝えておきましょう」

「ああ、そうだったわ。御者は今日から替わることになったの」

「は？」

　目を瞬かせたレザードの口から、間の抜けた声が出る。

　起床してすぐに、学園と屋敷内の状況を考慮したクラウスの判断で護衛を一人増やすことになったと、ラザリーから紹介を受けていた。

「元冒険者で実力もあり、護衛にもなってくれるという方がいたので、御者をお願いしたのよ」

　新しい御者は勿論金狼メンバー。アデラインの希望で御者を変更したように伝えたからか、レザードの目が大きく開かれていく。

「レザード、何をしている？　そろそろ出るぞ」

エリックに声をかけられ、レザードは動きを止めて口を閉じた。

「……分かりました。お嬢様、道中お気を付けてください」

二、三度瞬きをするとレザードは、いつも通りの冷静な執事の表情へ戻っていた。

エリックは、アデラインの横をすり抜けてレザードから鞄を受け取る。

「エリック、学園で会いましょう」

一瞬だけ立ち止まったエリックからの返事はなく、彼は開かれた玄関扉から外へ出て行く。続いてレザードも外へ出て行った。

（今のレザードの言い方は、今日の登下校で何かが起こると含んだ言い方だったわね。それにしても、エリックは挨拶もなしとは。はぁ、思春期男子は難しいわ）

溜息を吐いたアデラインは、エリックを見送っていたメイドへ「ねぇ」と声をかけた。

「そこの貴女。扉を閉めて下がっていなさい」

「は、はい」

困惑の表情を浮かべるメイドに命じ、開いていた玄関扉を閉めさせる。

「ラザリー、五分後に出るわ」

「はい。御者に用意させます」

「ええ、お願いね。あら？」

足を止めて、アデラインは玄関ホールに残っているメイドを見下ろした。

「何をしているの。話を聞いていないで戻りなさい」

「も、申し訳ございません」

メイドが奥へと戻ったのを見届けてから、アデラインは階段を下りて玄関へと向かった。

「お嬢様に頭も下げずに下がったメイドの態度は許せません。きっちり躾けておきます」

「……やり過ぎないでね」

淡々と言うラザリーの「躾」は何をするのかと、アデラインは口元を引き攣らせる。屋敷内の調査を依頼した以上「やめて」とは言えない。ただ、精神干渉魔法によって生気のなくなったパメラの目を思い出して、少しだけ怖くなった。


玄関から外へ出たアデラインの前に通学に使っている馬車が停まり、御者台から長身で筋骨隆隆といった体格の男性が降りて来る。男性は、帽子をとってアデラインに軽く頭を下げた。

「こちらは今日から御者を務めます、ガルバムです。魔法は得意ではありませんが、オークの群れ程度でしたら一人で殲滅出来ます」

「オークの群れ？　殲滅？」

物騒なラザリーの紹介とガルバムの格好に、アデラインの目が点になる。

御者服が似合っていないガルバムは、一目で重量があると分かる大剣を背負っていた。

「マスターの命により、お嬢様の登下校と屋敷外での警備を担当します。不審な者は俺が近付けさせませんから、ご安心ください」

「それは頼もしいわね」

微笑んだアデラインを見て、ガルバムは目を開いて驚く。

「どうかしました？」

「いや、公女様だって聞いていたから、もっと高飛車なのかと思っていたから驚いただけです」

首を軽く横に振ったガルバムはニッと歯を見せて笑う。

「ふーん、なるほどね。ラザリーが気に入るわけだな」

「ガルバム、そろそろ出発して」

ラザリーの目付きが鋭くなりガルバムは慌てて口を閉じ、ずれた帽子を被り直した。

エプロンのポケットから懐中時計を取り出し、時刻を確認したラザリーは持っていた鞄をガルバムへ押し付ける。

「お嬢様、もう七分経ってしまいました」

「もう？　では行ってくるわね。よろしくね」

「お嬢様、行ってらっしゃいませ。ガルバム、頼みましたよ」

「ああ」

頷いたガルバムが扉を開き、アデラインは馬車へと乗り込んだ。

遠ざかっていく馬車が屋敷の門を通過して見えなくなると、ラザリーは顔から表情を消した。

「さて、私達はお嬢様のご依頼通り、大掃除に取りかかりましょうか。書庫へ案内しなさい」

「……はい。こちらでございます」

　先日、宣言した通りアデラインの視界に入らないよう奥に控えていたパメラは、無感情な声でラザリーの言葉に従った。


　何かが起こるのかと、不安を抱いていた学園への道中は何も起きず、もしや校舎内でヒロイン一行と出くわしてしまうのかと、緊張の面持ちでアデラインは校舎へ入った。

「アデライン、おはよう！」

　驚いたアデラインが上げた悲鳴を打ち消す大声で、満面の笑みのディオンは挨拶をする。

「お、おはよう、ございます」

　驚きで速くなった心臓の鼓動で胸が苦しくて、アデラインは胸元を押さえた。幸いにも、周囲には他の生徒はほとんどおらず、ほっと胸を撫で下ろす。

「ガルバムが御者になったんだって？　アイツ、無口だからつまらなかっただろう？　俺が代わりに御者もやろうか？」

「いえ、結構です。とても丁寧な方ですし、学園まで何事もなく来られました」

「それは残念だな」

　大して残念がっていない口ぶりのディオンは、アデラインの持っていた鞄とランチバッグを自然な動作で持つと、教室へ向かって歩き出した。

朝のホームルームの終了後すぐに、学年合同実技演習の時間になった。

男子は対戦相手をくじ引きで決める実戦形式の実技、女子は観戦と回復魔法の実技を行う。

結果によって、騎士団から声がかかる可能性があり、怪我をしても女子に回復してもらえる。女子も気になる男子と接近出来るため楽しみにしている生徒も多い。

「アデライン様」

演習場の観覧席へ向かおうとしていたアデラインを、同じクラスの女子二人が呼び止める。

「もしよろしければ、ご一緒しませんか？　わたくし達だけでは、応援しにくくて……」

声をひそめた女子達が見た先には、ふんぞり返って観覧席に座るヒュバードがいた。

「あんなに偉そうな態度で見学するなんて……ああ、ごめんなさい」

つい心の声が口から出てしまったアデラインが微笑むと、女子達もつられて笑顔になる。

緊張が和らいだ女子達とアデラインは、観覧席への階段を上り空いている席に座った。

（ディオンさんの対戦相手は、殿下にくっついている男子ね。名前は……思い出せないな）

周囲を見渡した時に、校舎棟の窓からこちらを見ているリナと目が合った。

目があったことに驚き、顔を顰めたリナは、何事もなかったかのように顔を背けた。

「始め！」

審判役の教師が開始の声を発すると同時に、一気に間合いを詰めた男子生徒の上段からの振り下ろしを紙一重でかわし、ディオンは横に飛び退く。

舌打ちした男子生徒が退いたディオンを追い、模造剣の柄を両手で持つと突きを繰り出した。

模造剣が当たる直前、ニヤリと口角を上げたディオンは身を屈め、剣の切っ先は結んだ髪を掠めていく。

屈んだ体勢で一歩踏み込んだディオンの手が動き、模造剣の先で男子生徒の握る模造剣を打ち上げるように、上方へ弾き飛ばした。


カランッ！


何が起こったのか理解出来ていない男子生徒は、模造剣が石の演習場に落ちた音で自分の持っていた剣が弾き飛ばされたと理解した。

「勝者！　ディオン・カルス！」

大声で教師はディオンの勝利を告げ、一瞬の間を置いて演習場は歓声に包まれた。

「ディオ様、凄い！　素敵だわ！」

声をかけてきた時とは打って変わって興奮する女子の声が届いたのか、ディオンは観覧席の方を振り向き笑顔で手を振る。

遠慮がちに手を振るアデラインへ向けてディオンは歯を見せて笑い、観覧席に座っているヒュバードを見上げ、挑発的に嗤った。

（はぁ、挑発している。苛立った殿下はカルロス様と対戦させるために動くのでしょうね）

冷めた目で見ていたアデラインの視界の隅に、ヒュバードの側仕えの男性が観覧席から演習場へ下りて行くのが見えた。

救護係の順番が回って来たアデラインは、フリルの付いたエプロンを受け取り救護スペースへ移動した。

「見て。次の試合」

「まぁ。お二人を間近で見られるなんて運がいいわね」

ボードに貼られている対戦者名カードを見て、救護係の女子達は色めき立つ。

休憩場から演習場へ出てきたのは、初戦を勝利したディオンと騎士団長子息カルロス。

予想通りの展開になり、アデラインは素早くエプロンを身に着けた。

「ディオ様、大丈夫かしら？」

「カルロス様がお相手では、怪我をしないか心配だわ」

演習場の中央へ向かうディオンを心配そうに見送る女子達とは違い、アデラインは複雑な気持ちで彼の背中を見ていた。

救護スペースの横をディオンが通った時、アデラインにだけ聞こえる声で彼が呟いた一言。

『潰すよ』

（潰すってカルロス様自身を？　それとも完膚なきまでに打ち負かして心を潰すつもり？）

はっきり「潰す」と宣言したディオンは、愉しそうな笑顔でカルロスと対峙している。

「ディオ様もお強かったけど、カルロス様は第一騎士団長の御子息で武術の実力は学年一と言われているし、試合はカルロス様が勝利するかしら？」

「手当の準備をしておきましょうか」

ディオンが敗北すると決めつけている女子達を横目に、アデラインはカルロスの身を案じていた。心を潰されてしまったら、敵意を向けて来た相手とはいえ後味が悪い。


「始めっ！」

「うおおおー！」

審判の教師の声で、両手で模造剣の柄を握ったカルロスはディオンへ向けて剣を振り上げた。

上段からの斬り下ろしをかわしたディオンは、軽い動きでカルロスの真横へと移動した。模造剣を真っすぐ振りかぶると、ディオンは手首を返してカルロスの横腹を打ち抜く。

「ぐぁっ」

瞬きをするほどの、一瞬の出来事だった。

刃を潰してあるとはいえ、金属の棒と変わらない模造剣が打った一撃は強く、脇腹から全身に広がる痛みで呻き声を漏らしたカルロスはガクリッと演習場に膝をついた。

「そこまでだ！」

教師の声が響き渡り、追撃をしようとしていたディオンは模造剣を下ろした。

「嘘だろう……」

たった一撃で動けなくなったのが信じられず、呆然とカルロスはディオンを見上げていた。

「お前さ」

ディオンの雰囲気が冷たく凶悪なものに変化し、カルロスの体が震え出す。

藻掻くカルロスの喉元へ、ディオンは肩から下ろした模造剣の切っ先を向けた。

「騎士団長の息子だと言っても、訓練用ではない高位魔獣の群れと戦ったことも、敵兵と命を取り合うような実戦も経験したことがないだろう」

「う、あ……」

カルロスの額から流れ落ちた汗が顎を伝い落ちて、演習場に点々と染みを作る。

「教本通りの綺麗な動きと構えでは太刀筋は読みやすい。阿呆の機嫌をとり、男を侍らす女の尻を追いかけて鍛錬を怠っていては、一生かけても俺には勝てない」

気さくな雰囲気を一切排除して、淡々と言うディオンの圧力に負けて俯いたカルロスは、唇を噛んで顔を歪めながら上を向いた。

「く、ははは……実力の差がこんなにもあるとはな。お前の言う通りだ。鍛練不足で動けなかった。目が覚めたよ。最近の俺は、騎士になるという目的を忘れていた。鍛錬をして絶対にお前に勝つからな！」

言い放ったカルロスの表情は、憑き物が落ちたかのように晴れ晴れとしたものへ、瞳は澄んだ色へと変わっていた。

「俺に勝つ？　いつでも相手になってやるよ」

ディオンは模造剣を持っていない手をカルロスへ差し伸べる。

差し伸べられたディオンの手をカルロスが掴んで立ち上がると、観覧席で見ていた生徒達からは割れんばかりの拍手が二人へと贈られた。


（ディオンさんが潰したのは、カルロス様の歪んだ心だったのね）

緊張でエプロンの裾を握り締めていたアデラインは安堵の息を吐き、女子達の方を向く。

「カルロス様は脇腹を痛めているようだから、救護の準備をしましょう」

「「はい」」

声を揃えて頷いた女子達は急いで魔法で氷を作り、棚から三角巾を取り出した。

「肋骨が二本砕けて一本にヒビが入っているし、手をついた時に腕の筋も痛めているはずだ」

肩を貸して連れて来たカルロスを長椅子に座らせて、ディオンは怪我の状態を伝える。

「やり過ぎじゃないですか？」

「これくらいやらなきゃこいつは潰れないだろ？　な、俺は凄かっただろ？」

得意げなディオンに呆れつつ、カルロスの怪我の酷さに眉を顰めたアデラインは、回復魔法を発動させた。


騎士団長子息カルロスに勝利した編入生の圧倒的な強さに恐れおののき、その後の対戦はディオンの不戦勝となった。

合同実技演習終了後、男子達からは畏怖、女子達からは憧れの眼差しを向けられたディオンは、一部を除いた二年生から一目置かれる存在となっていた。

「悪いアデライン、今日は馬車のところまでしか送れない」

帰りの支度をしているアデラインの側へ来たディオンは申し訳なさそうに言う。

「謝らなくてもいいですよ。この後は何かあるのですか？　もしや、御礼参りとか？」

呼び出しでも受けたのかと、不安になって硬い声になる。

「御礼参り？　この後、鍛錬に付き合ってくれってカルロスに頼まれたんだよ」

ディオンが親指で示した先、廊下の窓から教室内を覗くカルロスが立っていた。

アデラインと目が合ったカルロスは、少し気まずそうな顔をして軽く頭を下げた。

「カルロス様はもう動いても大丈夫ですか？」

「怪我は治ったし、アイツはもう惑わされないよ。勿論、俺も大丈夫だから心配するな」

「惑わされない？　何に、ですか？」

廊下にいるカルロスを改めて見ると、敵意をむき出しにしていたのが嘘だったかのように、爽やかな好青年といった雰囲気を纏っていた。

「ま、遅くなったらラザリーに心配されるだろう？　下まで送っていくよ」

机上のアデラインの鞄を持ったディオンは、廊下へと歩き出した。

（誤魔化された？　でも、カルロス様が恋愛脳から抜け出せたなら、良かったのかしら？）

椅子から立ち上がったアデラインは、ディオンの後に続いて教室を出た。

馬車に乗ったアデラインは、手を振るディオンと複雑な表情のカルロスに軽く頭を下げた。

カルロスの隣に立つのが、ヒュバードでもリナでもなくディオンだというのは違和感が拭えないが、ゲームのシナリオからは大分変化してきている。


馬車は大通りを走って行き、ベルサリオ公爵邸の門をくぐる。

「お嬢様、お帰りなさいませ」

玄関前で馬車から降りたアデラインを出迎えたラザリーが扉を開き、一歩屋敷の中へ足を踏み入れて……ホールに広がる光景にアデラインは我が目を疑った。

「「「お帰りなさいませ」」」

左右に立ち並ぶメイド達が頭を下げ、帰宅したアデラインを出迎えたのだ。

今朝までは見送る者はラザリーのみだったのに、これはどうしたことかと驚いたアデラインは使用人達を見渡して、彼女達が虚ろな目をしていることに気が付いた。

「お嬢様、躾をしておきました」

「そ、うなのね。ありがとう」

メイド達の様子に戸惑っていたアデラインは、淡々と言うラザリーの声で我に返る。

（怖いなんて思っては駄目だわ。これはわたくしのためにラザリーがやってくれたこと。金狼のメンバーなら、メイド達の精神に干渉して操ることくらい可能なのよ。契約を結んでいる以上、わたくしには手出ししない。だから、大丈夫）

　動揺で震えそうになる両脚に力を込めて、アデラインは平静を保った。

「お迎えに参りたかったのですが、書庫の帳簿の整理と使用人達の躾に時間がかかってしまいました」

「ディオンさんとガルバムさんもいるから大丈夫よ。帳簿の整理をしてくれてありがとう」

「はい」

　表情を崩したラザリーは嬉しそうに一瞬だけ目を細め、すぐに元の無表情に戻る。

「お嬢様、もう少し時間をいただけますか。明日中には、お嬢様が望まれる結果を出します」

「ええ。お茶会の前日までに準備出来ればいいわ。それと、エリックは帰ってきていないの？」

　階段を上るアデラインは下を見てから、メイド達の中にエリックの専属メイドが混じっていることに首を傾げた。

　耳を澄ませても、屋敷内は調理場からの音以外の物音がしない。

「エリック様は委員会があるため、帰宅が遅くなるそうです」

「そう。委員会があったわね」

　ゲームの設定と同じく、園芸委員として学年花壇の整備を行っているエリックは、今日が委員会当番日だったと思い出した。

自室へ戻ったアデラインは、脱いだジャケットをラザリーへ渡す。

（エリックの目を覚ませるのは、どうしたらいいのかな。やはりショック療法かしら？）

ドレッサーの鏡に映ったのは、疲れと緊張で出来た隈によって目元が強調された〝悪巧みをしている悪役令嬢〟の笑みを浮かべているアデラインだった。


（巻き戻り三日目、ディオンさんがカルロス様を実技演習で……）

早めに夕飯を部屋でとり、入浴を済ませて寝間着に着替えたアデラインは、机に向かって今日の出来事をこの世界の文字ではなく、〝私〟の記憶にある文字を使って書き記していた。

「お嬢様」

ペンをペン立てに戻し、日記帳を閉じたタイミングでラザリーがアデラインの側に歩み寄る。

「この後、マスターがいらっしゃいます」

「えっ」


ガタンッ！


油断しきっていた時に言われて、驚いたアデラインは椅子から立ち上がりかける。

「そうだったわ……」

昨日、ラザリーからクラウスが来ることを伝えられていた。思わず両手で両肩を抱く。実技演習のことで頭がいっぱいになっていて、すっかり忘れていた。

「お疲れでしたら、マスターにお断りの連絡を入れましょうか？」

ラザリーはエプロンのポケットから通信用魔道具を取り出す。

「いいえっ！　大丈夫だから、マスターさんが来られたらお通ししてね」

通信用魔道具を起動させようとしていたラザリーは、「かしこまりました」と頭を下げた。

（いくら夜遅くても、寝間着では失礼じゃないかしら）

寝間着の上からショールを羽織ったアデラインは、何度も鏡で自分の姿を確認する。

（どうしよう……緊張する。ラザリーは「そのままで大丈夫」って言っていたけれど、寝間着のままでいいのかしら）

若い女性の部屋を夜に訪ねて来るのもどうかと思うが、一昨日は返り血塗れで窓からやって来た闇ギルドマスターに常識を説いても通じはしない。泣き顔を見られた恥ずかしさもあり、やっぱり着替えた方がいいかとラザリーに声をかけようと、アデラインは顔を上げた。

アデラインが声をかけるよりも早く、音もなくラザリーは扉の近くへ移動する。

「お嬢様、マスターがいらっしゃいました」

「わ、分かったわ」

両手でショールの前を合わせて、立ち上がったアデラインは深呼吸をしてから扉へ近付いた。

ドアノブを握ったラザリーが扉を開き、訪問者に向かって頭を下げる。

扉の向こうに立っていたのは、返り血塗れの黒装束も血塗れの剣もない、濃紺色のジャケットを羽織った見目麗しい青年だった。

（綺麗……あっ）

不穏な雰囲気を消したクラウスは闇ギルドマスターには見えず、一瞬だけアデラインは見惚れてしまう。ラザリーが出て行くのが見えて我に返った。

「こ、こんばんは。今日は窓からではないのですね」

手を動かして室内へ入るようクラウスを促しつつ、廊下へ出たラザリーに視線で残るように訴えるも彼女は扉を閉めてしまった。

「事前連絡をしてあるからな。それに、屋敷の使用人は躾済みだ。夜だろうが堂々と入れる」

悪役らしくクラウスは口角を上げてニヤリと笑う。

（躾……ラザリーの精神干渉のこと？　ゲーム終盤、ディオンが率いる闇ギルドメンバーが王宮内を闊歩していたのは、精神干渉によるものだったのね）

屋敷の使用人、王宮の使用人達を従わせていたとしても驚かない。闇ギルド、金狼は規格外の実力の持ち主達が所属していることは理解していた。

「素行調査の結果だ」

右手で小さな魔法陣を出現させたクラウスの手のひらに、紙の束が出現する。

「殿下達の？　ありがとうございます」

書類を受け取ったアデラインは、さっそく書かれている内容に目を通した。

「殿下が女子生徒を買収している、ということですか。休日はリナさんと観劇……これは、わたくしが王太子妃教育を受けていた日だわ。……学園の空き教室や図書館で、逢瀬を重ねていたのは凄いわね」

　報告書を読んでいくうちに、アデラインの口調は砕けていき、そして手が震えてくる。

　リナの行動は、友人達からの好感度を上げるミニゲームと、攻略対象キャラとの親密度を上げるための恋愛イベントと一致していると、気付いてしまったのだ。

（ゲームでは好感度を上げるためにイベント発生させていたけど、現実では、勉学を疎かにして遊んでいるだけになるのね）

　授業中の密会は、誰かに見られるかもしれないというスリルで親密度は上がっても、授業を受けなかったことで教師達からの評価は下がる。

　そして報告書によれば、リナを応援して手助けしているのは、王太子の取り巻きと恋愛に憧れを持つ一部の女子だけだった。

　アデラインの口から乾いた笑いが漏れ出る。

「これは写しだ。全ての情報は契約終了まで金狼と公女で共有する」

「はい。よろしくお願いいたします」

「では、手を出せ」

　クラウスに右手のひらを出され、アデラインは反射的に左手を差し出した。

　差し出された左手を掴んだクラウスは、ジャケットのポケットから取り出した銀色の指輪をアデラインの人差し指に素早くはめた。

「指輪？　あっ」

　指輪に気をとられていると、報告書が発光し無数の粒子と化す。無数の粒子は、人差し指にはまっている指輪に吸い込まれていった。

「情報は指輪の中に収納され、取り出したい時に出せる。指輪は契約終了まで外せない。指を断り落とされたとしても、俺が解除するまで外れんよ。……ついでに守護魔法をかけてある」

「指を断り落とすって、でもこれなら紛失と盗難は防げますね」

　試しに、人差し指と親指で摘んで指輪を引っ張ってみるが、皮膚の一部になったかのように指輪は微動だにしなかった。

「少し怖いけど、可愛いからいいかな」

　事前に何も告げずに、指輪をはめるのはどうかと思うが、薄ピンク色の石がついた可愛らしい指輪をもらえたことは、好意から渡されたのでなくとも嬉しい。

「ありがとうございます」

　左手を胸元に当てて、アデラインはやわらかく微笑んだ。

　嬉しさを隠さず笑顔になるアデラインから、口を開きかけて閉じたクラウスは顔を背ける。

「……学園で不自由なことはないか？」

「ディオンさんのおかげで過ごしやすいです。今日の実技演習では、ディオンさんが騎士団長子息を打ち負かしてくれて、殿下の悔しそうな顔を見られてスッキリしました」

試合後、ディオンとカルロスが握手をした瞬間、観戦していた生徒達から拍手が贈られた。

ほとんどの生徒が笑顔だったのに、ヒュバードだけは苦虫を噛み潰したような顔をしていて、思い出す度に「ざまあみろ」という感情が湧き上がってくる。

「公女の護衛がディオンの役目だ。アイツの行動が王太子とあの女の牽制になったならいい」

「女？」

「いや、公女には関係ないことだった」

これ以上は言う気はないとばかりに、クラウスは口元を右手で覆った。

「ではクラウスさん、一つお願いがあります。わたくしのことは公女ではなく、名前で呼んでいただけますか？」

「名前で、だと？」

口元から右手を外し、クラウスは僅かに目を開く。

「ええ。わたくしだけクラウスさんのことをお名前で呼んでいるのは、少し気になります。公女ではなくアデラインと呼んでください。……駄目ですか？」

「いや、そうではない」

名前で呼んでほしいという〝お願い〟は想定外だったのか、余裕のある表情を崩さない印象のあるクラウスが困惑しているのが伝わり、不思議な気分になった。

（冷酷非情のラスボスというイメージが凝り固まっていたから、困った顔をされると彼も感情のある人なんだって分かる。これなら、怖くないかも）

契約を結んでいてもなお、残っていた警戒心が解けていくのを感じた。

たっぷり数十秒、黙っていたクラウスはアデラインと目が合うと、目蓋を閉じて息を吐く。

「分かった。これからは名前で呼ぼう」

「ありがとうございます」

嬉しくなって、体を揺らしたアデラインの肩からショールがずり落ちる。

肩にかけ直そうとした手にクラウスの手が触れ、驚いたアデラインは顔を上げた。

ずれ落ちたショールをかけ直しても、クラウスの手はアデラインの肩に触れたまま動かない。

「クラウスさん？」

見上げたクラウスの顔の近さと、深紅の瞳が逆光のせいか赤紫色に見えた気がして、アデラインは息を飲んだ。

「……アデライン、ラザリーから疲れていると聞いた。今夜は早く休め」

「はい」

思いの外優しい声で言われ、戸惑いつつもアデラインは素直に頷く。

肩に触れていたクラウスの手が上へと移動していき、そっと頭に触れた。

「では、またな」

頭を撫でたクラウスの手は下へ滑り落ちていき、アデラインの頬を一撫でして離れていく。

固まるアデラインの口からは空気以外は出て来てくれず、部屋から出て行くクラウスの背中を見送るしか出来なかった。

「お嬢様、どうされましたか？」

部屋から出て行ったクラウスと入れ違いに、部屋へ入って来たラザリーに声をかけられ、ようやく我に返ったアデラインの顔に熱が集中していく。

（危険人物だと分かっていても、クラウスさんの顔と声が良過ぎるのよ！　頭と頬を撫でて「またな」って、反則だわ！）

絶叫したくてもラザリーがいるため出来ず、アデラインは頭を抱えて身悶えた。

疲れているはずなのに、ベッドへ倒れ込み頭まで掛布をかけて寝ようとしても、心臓の高鳴りはなかなか落ち着いてはくれず……深夜の時間になるまで寝付けなかった。

＊＊＊

〝私〟の意識がアデラインの中に蘇り、時間を逆行してから四日目。

ラザリーに見送られて登校したアデラインは、教室のある階まで上がってすぐに違和感を覚えて足を止める。昨日までと明らかに校舎内の雰囲気が違うのだ。

（気のせいではないわ。換気不足の部屋の窓を開けて淀んだ空気を入れ替えた、という感じ？

生徒達によそよそしさは残っていても、刺々しさが消えて敵意が薄らいでいるわ）

昨日は何があったのかと考えて、学年合同実技演習のことを思い出した。

「おはようございます」

「おはよう……」

教室へ向かうとクラスメイトから挨拶をされて、アデラインは昨日までとの違いに戸惑う。

「アデライン、おはよう！」

机に寄りかかって男子生徒と談笑していたディオンがアデラインに手を振った。

「おはよう、ございます」

挨拶を返すアデラインの側まで駆け寄ったディオンは、彼女の耳元に顔を近付けた。

「潰してから変わっただろ？　明日はもっと変わるよ」

「え？　あっ！」

顔を上げたアデラインの手から鞄を奪うと、ディオンは自分の席へと戻って行った。

（潰してって、実技演習でのこと？　どうなっているの？）

金狼が裏で何かしていても、ディオンはマスターの許可がなければ教えてくれない。

何かした結果、風当たりが変わるのは良いことだと、気にしないことにした。

午前中の授業が終わり、生徒達は昼食を食べるため教室の外へ向かう。

「アデライン様、よろしければ一緒に食べませんか？」

「ご迷惑でなければ、その、ディオ様もご一緒にどうでしょう？」

声をかけてきたのは、実技演習で一緒に観戦をしようと誘ってくれた二人の女子生徒だった。

女子生徒の一人が落ち着かない様子でディオンを見ていることから、彼女の気になるモノが何かを覚ったアデラインは微笑んだ。

「ありがとう。ぜひご一緒したいわ。ディオさんはいいですか？」

「アデラインが良ければいいよ」

女子達が勘違いしそうなことを言い、ディオンは席の確保のために一足先に食堂へ向かった。

女子生徒の聞き役に徹してアデラインは食堂へ向かった。

混雑する食堂で、生徒達の隙間から手を振るディオンの姿と、彼の隣に背の高い男子生徒の姿があり、アデラインは立ち止まる。

「カルロスも一緒に食べていいか？」

歯を見せて笑うディオンとは違い、カルロスは複雑な表情でアデラインを見る。

「アデライン嬢に迷惑をかけられないと言ったんだが……ディオに押し負けてしまった」

「お前もあっちで食べるより一緒に食べた方が楽だろ」

バンッと音が鳴るほどディオンに背中を叩かれ、体を揺らしたカルロスは「ぐっ」と呻く。

（昨日ディオンさんに負けたことで、カルロス様は側近から外されたのね）

食堂内を見渡してもヒュバードとリナの姿はない。

金狼の調査結果に書かれていた密会場所、生徒会長室か図書館前のベンチにいるのだろう。

（カルロス様は喜べないだろうけど、報告書を読んだ限り真面目な彼は授業を休むことはなかった。今は落ち込んでも、殿下から離れられて良かったと、後々思えるはずだわ）

持っていたバスケットを置き、アデラインは首を動かして後ろを振り向く。

「わたくしは迷惑ではありません。貴女達はどうでしょうか？」

「私達はかまいません」

「カルロス様とディオ様とご一緒出来て嬉しいです」

瞳を輝かせて、カルロスとディオンを交互に見た女子生徒達は声を弾ませた。

＊＊＊

両手で籐製バスケットバッグの持ち手を持ったラザリーは、校門前に立っていた警備員に暗示をかけて校舎内へ入り、学園の廊下を歩いていた。

タンッ！

廊下の曲がり角から、小走りで飛び出してきた男子生徒と当たる寸前、ラザリーは軽い動きで横に飛び退いて衝突を免れた。

「大丈夫か？」

「大丈夫です。私の前方不注意でした」

衝突を回避したラザリーの動きに全く気付いていない男子生徒は、メイド用のエプロンを着けた彼女を一瞥して怪訝そうに眉根を寄せ、銀縁眼鏡にかかった前髪を指で除ける。

「どうしてメイドが校舎内にいるんだ？　貴女は入校申請をしていないな。学則で、事務所で校舎内へ入る申請をした者以外は、放課後まで立ち入ってはいけないことになっている」

「お嬢様の忘れ物を届けに来ました」

背の高い男子生徒に見下ろされても、ラザリーは表情を変えずに淡々と答える。

「事務所で渡せば済むだろう。悪いが風紀委員長として見逃せない。貴女の仕えている生徒のクラスと名前を教えてもらおう」

周囲の気配を探り、ラザリーは一瞬だけ口角を上げた。

「二年生のアデライン・ベルサリオ様でございます。今すぐに必要な物ですから、申請をしないで来てしまいました。申し訳ございません」

男子生徒の眉間に皺が寄り、彼は眼鏡のフレームを押し上げる。

「アデライン嬢のメイド……？　では、なおさら行かせられない。アデライン嬢は、学園の規律を乱すことばかりしているからな」

溜息を吐いた男子生徒は、ブレザーのポケットから手帳を取り出しラザリーの方を向いて、大きく目を開いた。

「やはり、貴方はお嬢様に害ある方のようですね。糸に気が付いていないようですから、見逃してあげようと思ったのですが……邪魔をするのでしたら排除します」

瞬間移動したのかと思うほど、瞬く間に距離を縮めたラザリーに驚き、男子生徒は後退る。

「は？　何を言っている。問題を起こそうとするなら、警備員を呼んでアデライン嬢にも罰則を与えてもらうぞ」

　男子生徒はラザリーから視線を離さず壁に手を伸ばす。指先が目指す先にあるのは、緊急時通報用のボタンだった。

「ふふっ、怖がることはありません」

「何を、うっ⁉」

　ラザリーはフッと笑い、素早く腕を動かして男子生徒がボタンを押すよりも早く彼の顎を掴んだ。

「ぐっ、ぅう⁉」

　強い力で掴まれて呻く男子生徒の顔を引き寄せ、噛み付くようにラザリーは唇に口付けた。

「ふぅ、んっ」

　口付けられた勢いで、壁に背中を打ち付けた男子生徒は、大きく目を見開いた。

　背中を打ち付けた痛みで開いた唇の隙間から、ラザリーの舌が彼の口腔内へ入り込む。

「あぁ」

　口腔内を撫でる舌先の感触によって、男子生徒の顔は驚愕の表情から頬を赤く染めた、恍惚としたものへと変わっていった。

　男子生徒の全身から力が抜けていき、ラザリーは掴んでいた顎から手を放す。

「……はぁ」

　離れていく唇から伸びた唾液の糸が切れて、互いの唇の端に垂れ落ちた。

「学園での魔法は禁止されているため貴方の体内へ口移しで魔力を吹き込み、魔力回路を少々弄らせていただきました」

　淡々と言うラザリーは唇を手の甲で拭った。

「魔力回路の回復には時間がかかりますが、元に戻りますのでご安心ください。この国の宰相御子息である貴方をどうにかしてしまったら、色々と面倒ですものね。ブライアン・ベイロン様」

　脱力して崩れ落ちるように男子生徒、ブライアンは床に座り込んだ。

「ついでに糸を切っておきました。魔力回路が乱れているうちは、糸は絡み付けないでしょう。今後、どうされるかは貴方自身の意思で考えて決めてください」

　肩を震わせたブライアンは口元を手で覆い、真っ赤に染まった顔を上げた。

「貴女は、なん、なんてことを……口の中に舌を入れるなんて」

　動揺で上擦った声になったブライアンは、ずれ落ちた眼鏡を直すこともせず潤んだ瞳でラザリーを見上げた。

「あら、もしかして初めてでしたか？　ふふっ、それは失礼しました」

下唇を舐めるラザリーの赤い舌先を凝視し、ブライアンは何も言えず全身を真っ赤に染める。
呆然自失状態のブライアンを見下ろして、ラザリーは愉しそうに目を細めた。

混雑する食堂へ着くと、気配を薄くしたラザリーは生徒達の間をすり抜けて、アデラインのいるテーブルに近付いた。

「お嬢様」

突然かけられた声に驚き、振り向いたアデラインは目を丸くする。

「ラザリー？　どうしてここに？」

「デザートをお渡しするのを忘れてしまいました」

持っていたバスケットバッグをテーブルに置き、ラザリーは留め具を外して開口部を開く。

「おー！　美味そうっ」

ラズベリーパイを見て声を上げたディオンをラザリーは睨む。

「貴方のために持ってきたのではありません。お嬢様と御友人方で食べてください」

「ラザリーありがとう。皆さんと食べるわね」

「はい」

冷たい表情をやわらかなものへと一変させ、ラザリーは嬉しそうに微笑んだ。

「アデラインの前だと別人だな」

ギルドにいる時とアデラインの前ではラザリーの顔が違い過ぎて、彼女の本性を知るディオンは寒気を感じて身震いした。

＊＊＊

学園から帰って来たアデラインは、早々に夕食と入浴を済ませて部屋で過ごしていた。

ソファーに座り、読んでいた新聞のある記事で目を留めた。

記事には「王太子殿下、身分差の熱愛発覚！　近々、婚約者の変更があるかもしれない⁉」という見出しと共に、ヒュバードとリナが腕を組んでデートを楽しむ写真が載っていた。

（新聞に載ってしまったら、国王陛下とお父様に知られてしまうわね。都合がいいといえばいいけど、この記事を理由に婚約解消を申し出たら受け入れてもらえるかしら）

国王が婚約解消を許可してくれれば、アデラインが破滅する可能性は低くなる。

ソファーから立ち上がったアデラインは、新聞をテーブルに置きドレッサーの前まで歩く。

『アデライン様のお話を聞けて楽しかったです』

『明日も昼食にお誘いしてもいいですか？』

一緒に昼食を食べたクラスメイトの女子生徒、オリビアとリリアンと親しくなれたことで学園生活が明るくなったのを感じていた。

（オリビアさんとリリアンさん。彼女達を巻き込んではいけないし、彼女達がわたくしの弱みになってはいけない）

この世界にゲームの強制力があり、シナリオから外れたアデラインを排除するためにどんな力が働くか分からない。悪役令嬢の断罪が秩序を保つのに必要なら、今までの行動は無駄になる。

口をきつく結んだアデラインは鏡を睨んだ。

（あら？　窓が開いている？）

鏡に映った背後で何かが揺れた気がして、立ち上がったアデラインは振り向いた。

「ひっ！」

カーテンの陰から黒い影が姿を現し、驚きでアデラインの口から悲鳴が上がる。

「……近くまで来たついでに顔を見に来た」

侵入者は口元を覆っている布を指で下げ、恐怖で硬直するアデラインに素顔を見せた。

「ク、クラウスさん？　どうして？　事前に連絡をしてくださいと、お願いしたはずですよ」

「ついでだ、と言っただろう。連絡が遅くなったから、正面からではなく窓から来ただけだ」

「ついでって、吃驚《びっくり》するから突然来るのはやめてください」

「突然？　ラザリーには知らせたぞ」

動悸が治まらず深呼吸をするアデラインの側まで歩み寄り、クラウスは視線を横に動かす。

「連絡が来たのは二分前です。夜遅くの突然の訪問は正しいと私も思えません」

「ラザリー？」

声を発するまで、アデラインに気配すら感じさせなかったラザリーは、顔は無表情のままだが珍しく強い口調でクラウスに言う。

「……緊急回避のためだ」

「はっ、それは失礼いたしました。お嬢様、何かございましたら大声で叫んでください。私とガルバムが全力で対応します。では、失礼します」

「ラザリー？」

頭を下げたラザリーは、不安になることを言い残して部屋から出て行った。

二人きりになった途端、落ち着かない気分になりアデラインは視線を彷徨わせる。

「あの、クラウスさんがここに来た理由は何でしょうか？」

「理由がなければ、来てはいけないのか？」

「来る時間を考えてください。遅い時間の訪問は駄目です！」

「そうか」

目を細めて笑ったクラウスが一歩近付き、二人の距離が縮まる。

距離が近くなったことで、鉄錆の香りが濃くなったのに気付き、アデラインは眉根を寄せた。

鉄錆の正体はクラウスの羽織るコートから。返り血だと、分かっていても近付かれるのは怖くて、後ろへ下がったアデラインの踵がドレッサーの椅子に当たった。

「……血を拭うか、コートを脱いで来てください」

「お前、血が苦手か？」

「苦手です。好きな方は多くはないでしょう」

　色彩の赤が好きでも、アデラインも〝私〟も血液は苦手だった。

　血塗れの男を笑顔で受け入れるなど無理だし、服を着替えて出直してきてほしい。

「斬った相手から流れた返り血を浴びる度、俺は自分が生きていることを感じられる。あえて避けなかったが、アデラインが苦手ならば次から気にしよう。それでいいか？」

「……え？」

　血液が付着しているだろう、黒革の手袋を外すクラウスを凝視しながら、アデラインは彼の言葉を頭の中で復唱して確認する。

（平然と言うから「そうですか」って頷きそうになったけど、怖過ぎる！　この人、何言っているの？　生きていることを実感とか、全く共感出来ないんだけど？　というか、次からって言った？　また来る気なの？）

　契約によって味方をしてくれているから忘れていたが、目の前に立つ男は闇ギルドマスターでラスボスだった。価値観が一致するわけないと、改めて実感する。

「あの、血を浴びる代わりにバスタブにお湯をたっぷりいれて、ゆっくりつかるのはどうでしょう。おすすめの入浴剤を教えますね」

「入浴剤だと？」

　目を瞬かせたクラウスの反応から、怒らせたかとアデラインは焦り、涙目になる。

「フッ、やはりお前は変わっている。大概の女は血に塗れた俺を前に畏怖するか、魔力に屈して媚びへつらってくるのに、お前は畏れも媚びもしてこない」

「変わっているって、血塗れで平気でいるクラウスさんの方が変です」

「クククッ、褒めているんだ」

噴き出したクラウスは、口元に手を当てて肩を震わせて笑う。

（くっ！　顔と声が良いせいか、ヤバいことを言っているって分かるのに、一周回ってまともなことを言っているように聞こえるわ）

血塗れなのに、笑っている姿だけ切り取ると普通の青年に見える。

口元から手を外したクラウスが一歩近付き、アデラインとの距離はさらに近くなった。

「用件は何かと聞いていたな。交渉以外の仕事を終えた後は、魔力が高まり全てを破壊したくなる衝動に駆られる。魔獣の群れを殲滅して気を紛らわそうかと思ったが、魔獣の群れを殲滅し過ぎるのもこの国の生態系を崩すことになる。それよりもアデラインのことが気になった」

「わたくしのことが、気になった？」

またしても不安になる発言はあったが、自分のことが気になったと言われたアデラインの心臓が大きく跳ねた。

「不思議な気分だ。アデラインの側にいると、破壊衝動と感情の昂りが凪いでいくようだ」

（うわぁー!?）

微笑んだクラウスの顔は、穏やかに見えて少し掠れた声は甘さを含んでいて、違うと分かっていても彼から好意を持たれているのではないかと勘違いしてしまいそうになる。

　近くなった距離では、速くなっていく心臓の鼓動が聞こえてしまわないかと不安になり、アデラインは胸元に両手を当てた。

（え？　わたくし、どうしたの？　凄く気になることを言われたのに、胸がドキドキする。これって、嘘でしょう？　鎮まれ心臓！　落ち着くのよ、わたくし！）

　意識してしまうと全身が真っ赤に染まっていき、クラウスの顔を直視出来なくなる。

「アデライン」

「ひゃあっ」

　伸びて来たクラウスの手が、アデラインの額を覆うように触れる。

「熱いな。ベッドまで抱えてやるよ」

「け、結構です！　あっ」

　上半身を仰け反らせたアデラインは、バランスを崩してしまい体が傾いていく。

「まったくお前は」

　床に倒れるより早く、クラウスの手が肩に回り傾ぐ体を支えた。

「え？」

　次の瞬間、アデラインの足は床から離れて視界が変わる。

　何が起きたのかと考える前に、至近距離でクラウスと視線が合ったアデラインは彼に横抱きにされている、と理解した。

「きゃあ！」

「……コートには浄化魔法をかけた。少し我慢しろ」

抵抗する間もなく運ばれ、ベッドに下ろされたアデラインは、全身を真っ赤に染めて毛布を頭まで被って丸くなった。

「もう寝るから出て行ってください」

「すぐに寝ないだろう。仕方ない」

苦笑いしたクラウスの手が毛布越しに触れた途端、アデラインの意識が遠くなっていった。

強制睡眠魔法を発動し、アデラインを眠らせたクラウスは毛布を捲って魔法の効果を確認し、眠るアデラインの髪を一房手に取り指先で弄り、絹糸に似た髪の感触を楽しんでからそっと口付けた。

「おやすみ」

毛布をかけ直しベッドから離れたクラウスは、窓から部屋の外に出るとテラスの柵に足をかけて庭へ飛び下りた。

「マスター」

庭へ着地したクラウスが体勢を整えると、植え込みの陰からガルバムとラザリーが姿を現す。

「お嬢様の帰宅途中、物陰に潜み馬車を襲撃しようとしていた男達を捕らえ、依頼主を吐かせました。この後、どうするかはマスターにお任せします」

物置小屋を指差したガルバムは、捕らえた男が所持していた指輪をクラウスへ手渡す。

「これは……面白い。捕らえた者達は向こうへ引き渡す。逃げないよう、傀儡にしておけ」

「始末しないのですか?」

「公女は血生臭いことが苦手らしい」

「はぁ」

屋敷を見上げたクラウスの口から出た言葉に、ガルバムは困惑の表情を浮かべた。

「マスター、お嬢様は?」

「寝かしつけた。それ以上は何もしていない」

「分かりました」

硬い表情を緩めたラザリーの声には安堵の感情が混じっており、いつもと違う彼女の様子にますますガルバムは困惑するのだった。

第４章．◆巻き戻り五日目。当然の処罰と揺れ動く心

起床時刻に起きられず、ラザリーに起こされたアデラインは目を擦りながら朝食を食べた。

「お嬢様、これでよろしいでしょうか」

「ええ、いいわ。ありがとう」

ドレッサーの椅子に座ったアデラインは鏡に映るラザリーに向かって頷く。

今日は髪を結いたい気分になり、ハーフアップにしていた髪をラザリーに頼んで緩く編み込んでもらい右サイドで結んだ。

（昨夜はいつ眠ったの？　クラウスさんが来たのは夢だった？）

夢にしてはクラウスとの会話も、抱き上げられた時の手の感触もしっかり覚えていた。

（それに……きゃあああー！）

微笑んだクラウスの顔もしっかりと覚えている。熱が集中する頬を両手で覆う。

「お嬢様？　どうかされましたか？」

「い、いえ何でもないわ」

脳内に浮かんでいるクラウスの微笑みを掻き消すため、アデラインはコホンッと咳払いした。

「そうだわ、執事長も貴女の意のままになっているのかしら？」

「はい。屋敷の使用人はエリック様専属の者以外、躾け終わっています」

「執事長にお父様に連絡して、貴女がまとめた報告書の写しを転送させてもらえる？」

ブラシやヘアピンを片付けていたラザリーの手が止まる。

「ベルサリオ公爵閣下にあの方々のことを報告されるのですね」

朝食を済ませたアデラインに手渡されたラザリーからの報告書。

屋敷を運営するための資金の内訳は、表向きのものと裏のものがあり裏帳簿を探り当てるのに時間がかかったと、ラザリーから報告を受けた。裏帳簿を管理していたのが誰なのかは、深く考えなくても見当がつく。

椅子から立ち上がったアデラインの口角が僅かに上がった。

「ええ。殿下のことが新聞にも載ってしまったし、わたくしとエリックの近況も伝えたいわ」

「かしこまりました。執事長に連絡させます」

頭を下げたラザリーが目配せすると、壁際に立っていたメイドが部屋の外へ出て行った。


登校したアデラインは、校舎に入って出会った人物を見て目を丸くした。

「ブライアン様？　おはようございます」

「お、おはよう」

ブライアンの視線はアデラインを通り越し、彼女の背後と校舎外へと向けられていた。

「アデライン嬢、今日は、その、メイドは一緒ではないのか？」

「メイド？　昨日、ラザリーが失礼なことをしましたか？」

詰め寄るアデラインの勢いに、ビクリと体を揺らしたブライアンは慌てて首を横に振る。

「いや、昨日、見かけたので気になっただけだ。ラザリーという名前なのか」

目元を赤くしたブライアンはアデラインから視線を逸らす。

「気になることがありましたら、放課後に謝罪へ行かせます」

「いや、謝罪は必要ない。そうか、放課後……分かった。では、失礼する」

「ブライアン様？」

一人納得して頷いたブライアンは、アデラインに背を向けて階段の方へ行ってしまった。

＊＊＊

教室へ戻ったブライアンは、カルロスがまだ登校していないことに気付き、窓側の席に座って他の男子生徒と会話をしていたヒュバードの側に向かった。

「おはようございます。カルロスは今日も、編入生と朝の鍛錬を行っているのですか」

会話を止めて振り向いたヒュバードは、カルロスの名を耳にすると眉間に皺を寄せた。

「カルロスはもういい。編入生と親しくするアイツは、生徒会メンバーから外すつもりだ」

生徒会から外されれば王太子の側近候補から外れる。今、ヒュバードに擦り寄る生徒は、側近候補になれる好機だと思っているのが見え透いていて、ブライアンは内心溜息を吐く。

「それはそうと今日の放課後は、来週行われる定例会議用資料を作成しなければなりません」

「ああ、そうだったな。だが、放課後はリナと出かける約束をしている。風紀委員会の資料作成ついでに、俺の分も用意しておいてくれ」

「……はい」

無責任な言葉を聞き、込み上がってくる不快感で苦しくなったブライアンは胸を押さえた。

胃の不快感と頭痛に苛まれつつ午後の授業をどうにか乗り切り、リナと買い物へ行くと言って教室を出て行くヒュバードの背中を引きつった笑顔を作り見送る。

「少し遅れると伝えてくれ」

生徒会役員に声をかけてからブライアンが向かったのは、校舎の外、仕えている生徒を迎えに来た使用人達の待機場所だった。

「あ、あの」

待機場所の外の壁に寄りかかっていた女性を見付けた瞬間、胃の不快感は霧散していきブライアンは上擦った声で彼女に声をかける。

「あら、ブライアン様」

姿勢を正したラザリーは頭を下げた。

「今は放課後ですし、校舎外で主を待つことは学園からは許可されていますよ」

「何も咎めるつもりはない。ただ、貴女に会いたいと思って来ただけだ」

自分でも理解していなかった言葉が口から出て、ハッとしてブライアンは口元に手を当てた。

僅かに目を開いたラザリーは、顔を赤くするブライアンの頬へ手を伸ばす。

「魔力回路を乱した苦情ですか？　それとも……口付けされたくて来たのですか？」

クスリと笑い、ラザリーは頬を撫でた指先で口元を覆っているブライアンの手の甲をつつく。

大して力が入っていないのに、ブライアンの口元を覆っていた手が外れる。

「ち、違うっ。ただ、昨日のことを、貴女のことを思い出す度に胸が苦しくなって……魔力回路が乱れたせいかと思ったが違うんだ」

「それは失礼しました。集中出来ないのでしたら、お詫びしなければなりませんね」

目を細めたラザリーの雰囲気が変わり妖艶に微笑んだ彼女は、人差し指の先で全身を赤く染めるブライアンの下唇をなぞる。

「でも、今日は駄目」

下唇を撫でていた人差し指がゆっくりと離れていく。

「私は愚かな男は嫌いです。強く、気高い男でなければ触れたくありません。信じていた方の粗が見え始め、どうすればいいのか迷っているのでしょう？」

全身の熱が引いていき、今にも泣き出しそうな顔になったブライアンの肩が震え出す。

震える手にラザリーの指が触れる。

「貴方が正しいと思う選択をすればいいのです。強い意志を持てば、もう糸に絡めとられないでしょう。そうしたらご褒美をあげますわ」

「ご褒美……」

目を見開いたブライアンは、ゴクリと唾を飲み込む。

「頑張ってくださいね」

震えが止まったブライアンの手を握り引き寄せたラザリーは、上目遣いで見上げると指先に触れるだけの口付けを落とした。

＊＊＊

昼食休憩時の中庭や、攻略対象キャラと会う確率の高い渡り廊下でも特に大きな揉めごとも起こらず、アデラインは友人達と楽しく会話して過ごした。

「お嬢様、今日は何か起こりましたか？」

待っていたラザリーに鞄を手渡し、アデラインは隣にいるディオンを見上げて苦笑いした。

「休み時間に走って来たリナさんが転びかけて、ディオさんに助けてもらったことくらい？」

特別教室へ移動しようと渡り廊下を歩いていたアデラインの目の前で、反対側から走って来たリナが転倒しかけたのだ。

「あの女子、何もないところで転びかけるのは笑えたな。俺が止めなかったら、抱えていた教科書をアデラインにぶちまけていた」

二の腕を掴んで支えたディオンをリナは一瞬だけ睨み、すぐに「ありがとうございます」と笑顔を返した。

「とても分かりやすくて、くだらないことをしようとしたのですね」

冷たい声を出したラザリーの顔から感情が消え、圧力を感じとったディオンは目を逸らした。

「後は……そうだわ、登校してすぐにブライアン様に会ってラザリーのことを聞かれたわ。昨日、ブライアン様とは何か話したの？」

「はい。少し世間話をしただけですので、お嬢様が気になさることは何もありません」

纏っていた冷たい雰囲気が消え、少しだけラザリーの表情がやわらかくなった気がして、どうかしたのかとアデラインは首を傾げた。

見送るディオンに手を振り、馬車へ乗り込んだアデラインに続いてラザリーも中に入り、座席に座る。

「はぁ、今日も疲れたわ」

馬車が動き出し校舎から離れて行くと体の力が抜けていく。伸ばしていた背筋を崩し、アデラインは座席の背凭れに寄りかかった。

「お嬢様」

スカートのポケットに手を入れたラザリーは、取り出した封筒をアデラインに差し出した。

「ベルサリオ公爵閣下から返信が届きました」

「お父様が？　……これは」

封筒を受け取り、父親の魔力を帯びた封蝋に手をかざして魔力を放てば、白い蒸気を上げて封蝋は溶けていく。父親と同じ血筋でなければ溶けない封蝋を使用したのは、手紙の内容はアデライン以外に知られてはならない内容だということ。

封筒から取り出した便箋は一枚。

用件のみの内容を一読し、アデラインは便箋を封筒に戻した。

「帰ったらすぐに動くわよ。くれぐれもやり過ぎないようにして、正攻法で動いてね」

「はい。何があろうとも私が、金狼がお嬢様を守ります」

「……そうね。金狼の皆さんとラザリーが守ってくれているのだから、絶対に上手くいくわね」

怖気づきそうになる心を叱咤して、アデラインは無理やり笑みを作る。

（ラザリーが守ってくれるから、大丈夫よ。大丈夫だって分かっているのに怖くて堪らないのは、これから彼を断罪しなければならないからだわ。さて、どう切り出そうか）

この後のことを考えていると、あっという間に馬車は屋敷へ到着する。

先に降りたラザリーの手を借りて馬車から降りたアデラインは、ガルバムが開いた玄関扉を通って屋敷へ入り足を止めた。

「お嬢様、お帰りなさいませ」

玄関ホールでアデラインを出迎えたレザードは、顔に微笑を張り付けて頭を下げる。彼の後ろには、虚ろな目をした執事長の姿もあった。

「レザード、貴方に話があります」

「私に、ですか？　分かりました」

ラザリーに目配せをしてから、アデラインは自室ではなく玄関ホール横の居間へ向かった。

ソファーに座ったアデラインの隣に執事長が立つ。

執事長がこの場にいることに、レザードは怪訝そうな顔をするがすぐ表情を戻した。

「エリックが学園ではどう過ごしているか教えてほしいわ」

「エリック様は勉学に励み、ご友人との関係も良好です。王太子殿下も認めてくださいました」

レザードの言葉を聞き、噴き出しそうになったアデラインは口元に手を当てる。

「王太子殿下にも認められた？　それは、都合のいい者として認められているのではなくて？」

「お嬢様？」

「レザード、貴方はどうなの？　殿下は貴方を認めているの？　学園ではわたくしの側にいられなかったのに、貴方はどうやって殿下、いいえ、リナさんに気に入られたのか知りたいわ」

〝私〟の記憶では、レザードとリナは休日の街中で偶然出会う。

歩道を歩いていたリナが人にぶつかり、転倒しかけたのを助けるという、ありきたりな出会いだった。我儘なアデラインに振り回されて疲れていたレザードは、頬を赤らめてお礼を言うリナによって心が癒されたのを感じて彼女に興味を抱く。

その後学園でリナと再会し、悪役令嬢の執事とヒロインの恋は始まるのだった。

「お嬢様、何をおっしゃりたいのですか？　リナ嬢はエリック様のご友人です」

「フフッ、友人？」

アデラインの口から乾いた笑いが漏れた。

「リナさんにエリックが渡した高価な贈り物、殿下と豪遊するための資金はどこから出したの？　あれを出しなさい」

壁際に控えていたメイドが執事長へ手渡した物を目にして、レザードの表情が変わる。

「それは」

「殿下から婚約解消を言い渡されたら、退学して領地へ戻ることを考えていてね。わたくしに関する支出を色々と見直そうと思い帳簿を全て調べた結果、おかしな点がいくつも見つかったわ。貴方の性格を考えたら、表に出している帳簿以外の帳簿に支出を記録しているだろうと思って探ったら、コレが見つかった」

顔色が悪くなっていくレザードに見えるように、執事長は帳簿の表紙を開いて事前にチェックしておいたページまで捲る。

「中には、毒薬や魔石を使用した装飾品の購入も記録してあった。筆跡鑑定の結果、レザードの書いた字だと分かっているし、鑑定魔法でも貴方の魔力が付着しているのが分かったわ。まさかと思い調べたら、部屋に置かれていた毒入りの香水、魔石を仕込んだ装飾品の購入履歴も見付けた」

自分の口から声に出すと、平気だと思っていたのに胸が苦しくなってくる。

ベルサリオ公爵がアデライン用に仕送りしている金から少量を抜き、リナと王太子に貢ぐのは多少腹が立ってもまだ許せた。

「エリックのため？　それともリナさんのために、わたくしを亡き者にしたかったの？」

「違う！　エリック様でもリナ嬢のためでもありません！」

声を荒らげたレザードは、アデラインの方に手を伸ばして近付こうとするが、間に割って入った執事長の体によって阻止される。

「全てアデラインお嬢様のためにやったことです！　リナ嬢と親しくしたのも、エリック様の計画に手を貸したのも、全て貴女を守るためでした！　どけっ！」

「ぐぁっ⁉」

体当たりをするように執事長を力いっぱい押し退けて近付いたレザードは、アデラインに覆いかぶさるようにソファーの背凭れに手をついた。

「お嬢様！　誰か！」

悲鳴を上げたメイドは助けを呼びに部屋の外へ出て行く。

「貴女を守るのは、一番理解しているのは私ですよ。アデラインお嬢様」

息を感じられる至近距離で言うレザードの目には狂気の光が宿り、嫌悪感で頬を引き攣らせたアデラインは彼を睨んだ。

「守る？　必要なことだった？　何を言っているの？　貴方に裏切られたと知った時、どれほど苦しかったか。レザードだけは、わたくしを裏切らないと思っていたのに！」

言葉の最後は声が震えてはっきりと言えなかった。

泣きたくはないのに、意思を無視してアデラインの両目に涙の膜が張っていく。

「私は貴女を裏切ってはいません。王太子殿下とエリック様から救おうとした、がっ！」

大きく目と口を開いたレザードが崩れる前に、背後から近付いた者が襟首を掴んでアデラインの上に倒れるのを阻止した。

「貴方、うるさいですよ」

殺気を込めてレザードの後頭部を殴ったラザリーは、ジャケットの襟首を掴んで彼の体を床へ放り投げる。床へ叩きつけられたレザードは、呻き声を漏らし苦痛で歪めた顔を上げた。

「言い訳を述べたところで、しょせんお前は罪人です。牢獄で罪を悔いなさい」


バンッ！


少し開いていた居間の扉が勢い良く開き、足音を響かせた数人の警備兵が居間へ駆け込む。

床に倒れているレザードを取り囲み押さえると、両腕を後ろ手にして縛り上げた。

「アデラインお嬢様！」

警備兵達に無理やり立ち上がらされて連れて行かれるレザードを、顔から表情を消してアデラインは見送った。


警備兵によってレザードが連行されてから約一時間後。

　エリックが帰宅したとラザリーから連絡を受けたアデラインは、手にしていた報告書を左手人差し指にはまっている指輪の中に仕舞った。

　報告書によると、エリックはヒュバードとリナとカフェで談笑していたらしい。専属メイドから連絡を受け、レザードが捕縛されたことを知り、急ぎ戻って来たのだろう。

　部屋の外から廊下を走って来る足音が聞こえ、アデラインはラザリーに目配せした。

「義姉様！」

　大きな音を立てて開いた扉が部屋の壁に当たる。

　動こうとしたラザリーをアデラインは手を伸ばして止めた。

「エリック、そんなに慌ててどうしたの？」

　息をきらせてやって来たエリックに、ティーカップを手にしたアデラインは小首を傾げた。

「義姉様！　レザードを警備兵が連行していったと聞きました。どういうことですか⁉」

　持っていたティーカップをソーサーに置き、アデラインは優雅に微笑む。

「レザードは横領行為及びわたくしの殺害未遂により逮捕されました」

「殺害未遂？　証拠はあるのですか？　レザードは義姉様の専属ではなく僕の専属執事です。僕に相談なく義姉様の独断で逮捕したのなら、義父様《とうさま》にお願いして釈放をしてもらいます。もしも、義姉様が罪を捏造したのでしたら、ベルサリオ公爵家を失墜させる行為ですよ」

　顔を歪ませて小馬鹿にしたような言い方をするエリックを見上げ、笑みを消したアデラインは目を伏せて溜息を吐いた。

「貴方はわたくしがそこまで愚かだと思っているの？　罪を捏造してレザードを逮捕したと。お父様に相談なく独断で動いた、ですって？　残念ながら横領の証拠は全て揃えてお父様に報告済みよ。レザードの逮捕はお父様のご意思でもあるわ」

　下校途中の馬車の中で、ラザリーから受け取った父親からの手紙を封筒から出し、アデラインはエリックへ手渡す。

　手紙を受け取り、書かれている文面を読んだエリックの顔色は、青色へと変化していく。

「お父様は、ベルサリオ公爵家に反意を抱いた者は、誰であろうと許すわけにはいかないというお考えよ。それが長年仕えていた執事であろうと、実の息子同然の養子であってもね」

　父親の魔力を帯びたインクで書かれた文字の手紙を「偽装だ」とは言えず、肩を震わすエリックの指に力が入り過ぎて手紙に皺が出来た。

「その通りだ」

　俯いていたエリックが顔を上げたと同時に、部屋の扉が開き重厚感のある声が響く。

　背後に執事長を従えて部屋に入って来たのは、アデラインと同じ色合いとよく似た面立ちをした長身の男性だった。


「あらお父様？　随分と早い到着ですね」

「義父様!?　どうしてここに……」

　アデラインに視線を向け、軽く頷いた父・ベルサリオ公爵はエリックの前で足を止めた。

「エリック、どうしてと私に問うのか。学園でのお前の行動は全て、私の直属の者達に調べさせた。学園の教師に賄賂を贈り、王太子の権威を使い成績と素行を誤魔化していたとは。学園外でもやりたい放題やっていたと報告を受けている」

「それは義父様の勘違いです。先生達に賄賂を贈っていたのは、義姉様が聖女候補に嫉妬して行った嫌がらせを許してもらうためです。僕はベルサリオ公爵家の後継者として、恥ずべき行為などしていません。勉学に励んでおります」

焦るあまり早口になったエリックは必死に言い訳を述べる。

身勝手な言い訳を聞き、反論しようとしたアデラインは父親の方を見て、口を閉じた。

エリックの話を聞いていた父親の額に青筋が浮かび、ハッと鼻で嗤う。

「異世界人が聖女候補でアデラインが嫌がらせをした？　そしてお前が後継者だと？」

「と、義父様？」

滅多に感情を表に出さない義父の怒りに満ちた表情と、全身から漏れ出る魔力に圧されたエリックは怯え出す。

「勘違いしているようだが、ベルサリオ公爵家の後継者はアデラインだ。お前ではない」

「ど、どういうことですか？」

一段と低くなった声で言い放った父親の周囲が、発せられる魔力によって凍り付いていく。

屋敷内に張り巡らされている結界でも抑えきれない、ベルサリオ公爵の強大な魔力によって室内の温度が下がっていった。

「どれほど優秀でも、ベルサリオ公爵家の血を受け継いでいない養子のお前では正式な後継者にはなれない。再三言い聞かせてきたはずだが、お前はいつから己が後継者だと勘違いしたのだ？学園で王太子殿下達と関わり、己が特別なのだと過大評価するようになったのか」

「お言葉ですが義父様。義姉様は王太子殿下から婚約を破棄されベルサリオ公爵家からも追放される。義姉様が追放されれば僕が後継者になると王太子殿下はおっしゃっていました！」

白い息を吐きながら声を荒らげたエリックを見下ろすベルサリオ公爵の片眉が上がる。

「愚かな。婚約の破棄など、王太子殿下の独断では行えない。陛下が認めて婚約を解消しても、アデラインを罰するつもりはない。むしろ、お前と王太子殿下の素行の方が問題だ。学園長と連絡を取り、最近の成績と授業態度を確認した。アデラインから送られたお前の散財の証拠も確認済みだ」

「成績は……委員会活動が忙しかったため、勉強をする時間がなかっただけです。僕は散財などしておりません。義姉様の方がよほど」

「黙れ！　帳簿にはアデラインの支出のように偽装されているが、全てお前が王太子殿下とその恋人に貢いだ出費だと分かっている。私の娘は、アデラインは不必要な買い物などしない」

父親が「私の娘」と強調したことに、驚いたアデラインは目を丸くした。

フッと息を吐いたベルサリオ公爵は表出していた魔力を抑え込み、周囲の凍結は溶けていき下がっていた室温も元に戻っていく。

「『幼くして両親を亡くした甥を助けてほしい』という妻の願いを聞き入れ、実の息子として接していたつもりだったが……エリック、処罰を決めるまで部屋から出ることを禁ずる！」

　その言葉を合図に、大きく目と口を開けて固まるエリックの周りを護衛騎士がとり囲んだ。

「義父様！　許してください！　義姉様！」

　叫び声を上げるエリックは護衛騎士に両脇を抱えられて、引き摺られるように自室へと連行された。廊下で待機していたエリックの専属メイド達は、護衛騎士に抱えられた姿に驚きつつ小走りで後を追って行った。

　廊下へ出たエリックの声が遠ざかっていき、静かになった室内でアデラインはソファーから立ち上がって眉間に皺を寄せている父親を見た。

「お父様、転移門を使用しても王都への到着は深夜の予定になるのではなかったのですか？」

「転移魔法を使ったのだよ。レザード絡みなら、アデラインは冷静ではいられなくなるだろうと思ってな。私の到着を待たず動くと思っていた」

　ようやく表情を緩めたベルサリオ公爵は苦笑いする。

「転移魔法を使用したのですか？　それは随分と無茶をされたのですね」

「アデライン、よくここまで調べたな。色々話したいことがあるが……私も久し振りに転移魔法を使用して疲れていてね。話の続きは、明朝にしよう。今夜はゆっくり休みなさい」

　話を終わらせた父親は、アデラインの返事を待たずに執事長を従えて部屋から出て行った。

　夕食を食べて入浴を済ませた後、「一人になりたい」と言ってラザリーを退室させ自室にはアデライン一人きりとなった。ソファーに座り膝を抱えたアデラインは、父親が出て行った扉をぼんやりと見詰める。

（どうしてお父様は転移魔法を使ってまで駆け付けてくれたの？　可愛がっているエリックが横領に関わっていたから？）

　転移魔法は高位魔法の使い手でも使用出来る者は少なく、王宮仕えの高位魔術師でも使える者は師団長と副師団長のみ。王家の血が流れるベルサリオ公爵家は、他家に比べて強い魔力を持っているが転移魔法は父親しか使えない。

『閣下が奥様によく似たエリック様を大事にされるのは仕方ないことです。アデラインお嬢様には私がついております』

『貴女を守るのは、一番理解しているのは私ですよ。アデラインお嬢様』

目蓋を閉じて抱えた膝に顔を埋めるアデラインの脳裏に、幼い頃に繰り返し聞かされていたレザードの声が響く。

『私がやったことは全てアデラインお嬢様を思ってやったことです！』

警備兵によって押さえられたレザードは、本心ではないかと思ってしまうくらいの必死な顔で、アデラインに手を伸ばしてきた。

「……嘘ばっかり」

　刷り込まれたレザードの言葉を、彼の言動全てを以前のアデラインは信じきっていた。しかし、今のアデラインはレザードの言葉の裏にあった企みを理解している。

（わたくしのためだって、嘘ばっかり。レザードは幼いわたくしに『父親から愛されていない』と言い、洗脳していたのね。……大丈夫だと思っていても悲しくなるのが嫌だ）

膝を覆う寝間着の布地に目元を擦り付けて、溢れ出て来る涙を拭う。

（自分が後継者だと、勘違いしていたエリックがお父様から謹慎処分を言い渡されて、裏切り者のレザードが逮捕されてざまぁみろなのに、こんなにも苦しくなるとはね。どうして昔のことばかり思い出すの？　幼い頃はこうやって泣いているといつもレザードが見付けてくれた）

　母親が亡くなってから笑わなくなった父親が怖くて、よく部屋を抜け出していた。

『かくれんぼですか？』

　庭園の植え込みの陰に隠れていたアデラインを見付け、少年の面影を残したレザードはやわらかく微笑むと地面に膝をついた。

『どうしてわたくしの居場所が分かるの？』

『アデラインお嬢様のことをいつも見ていますから。どこに隠れるのかくらい予想出来ます』

　差し出された手を握り、立ち上がったアデラインのワンピースについた砂を軽く叩き、レザードは屋敷に戻るまで小さな手を繋いで歩いてくれた。

　横領と殺害未遂を行った罪人だと、自分に言い聞かせても、胸の奥が痛い。裏切ったのはゲームの強制力のせいだと、レザードの言動全てが偽りではないと信じたかった。

（エリックもそうよ。思春期男子特有の素っ気なさはあっても、学園に入学するまでは良い関係を築けていたのに。あれ？　いつからエリックが優遇されていると思っていたの？）

『王太子殿下が羨ましいです。義姉様と結婚出来るなんて……』

物心つく前にベルサリオ公爵家に養子として迎え入れられたエリックは、ヒュバードとの婚約が決まった時に泣き出しそうになったくらい、アデラインを慕ってくれていた。

『今日から義姉様と一緒に学園へ通えるのが嬉しいです』

学園の入学式へ向かう途中、一緒に乗った馬車の中でエリックは少しはにかんで笑った。

家庭教師に秀才だと評され、自分こそがベルサリオ公爵家の後継者だと勘違いしたとしても、ここまで愚かで短慮な性格はしていなかったはずだ。

（もしかしたらエリックもゲームの強制力で変になっていた？　それとも、レザードが用意した薬物と魔石がエリックにも影響を与えていた？　使用人達の態度もレザードが原因？　どうしてレザードはこんなことをしたの？）

カタンッ。

物音が聞こえ、顔を上げたアデラインは棚の上にある置き時計で時刻を確認する。

（もうこんな時間……そろそろ寝る支度をしなければ。でも、もしかしたら……）

立ち上がったアデラインは窓まで行き、窓を開けて月明かりに照らされたベランダへ出た。

日中はまだ暖かいとはいえ、夜のベランダは肌寒い風が吹き抜けていて、アデラインは肩からかけているショールの合わせを掻き抱く。

（物音がしたから外にいるのかと思ったけど……今日は来ないのかな？）

ベランダから庭園を見渡しても人の姿はなく、近くに人の気配は感じられなかった。

「クラウスさん……」

血塗れで来られて困ったのに、今は話したいと思うのはきっと、感傷的になっているからだ。

名前を口にすると痛み以外の感情が胸いっぱいに広がる。

ベランダの柵に肘を置いていたアデラインの周囲を暖かい空気が包み込み、何事かと俯いていた顔を上げた。

「何故、外に出ている？」

背後からかけられた声に、ハッとしたアデラインは振り返り大きく目を開く。

「……どうして？」

後ろにいたのは、いつもの黒装束姿ではなく肩にジャケットをかけて、シャツの第二ボタンまで外した軽装のクラウスだった。

月明かりに照らされた彼は、前髪を下ろしているからか、やわらかい雰囲気を感じさせた。

「風邪をひくぞ」

アデラインに腕を伸ばしたクラウスは、肩にかけていたジャケットを彼女に羽織らせる。

「俺の名を呼んだだろう。俺の名を呼べる者はそういない」

「いない？」

目を瞬かせたアデラインの顔を覗き込んだクラウスの指先が目元に触れ、目尻に溜まっていた涙をそっと拭う。

「外に出て泣いていたのは、執事が原因か？　それとも生意気な義弟か？」

「それは……分かりません」

泣いていたと言われて、初めて自分が泣いていることに気が付いた。この胸の痛みは、信じたかった相手に裏切られたことが原因なのか、犯罪者として捕縛させたことへの心の揺れが原因なのかはアデラインも分からない。

泣き顔を見せたくなくて、俯いたアデラインの肩にクラウスの腕が回される。

「部屋に戻るぞ」

「えっ、きゃあ」

引き寄せられ、クラウスと密着したアデラインの心臓がドキリと跳ねる。

そのまま抱き抱えられるようにして、アデラインは自室へと戻った。

肩を抱かれて向かった先はベッドで、動揺のあまりクラウスの顔とベッドを交互に見る。

「クラウスさん、あの、きゃあ」

流れるような動作で、クラウスはアデラインをベッドの上に座らせると、肩から手を放した。

「もう遅い。余計なことを考えないで眠れ」

「眠れと言われても、すぐには眠れそうにないです。わっ」

クラウスの人差し指で肩を軽く押されて、アデラインの体は仰向けにベッドへ倒れる。

体を包み込んだ魔力によって倒れた際の衝撃はなく、呆然とアデラインはベッドの天蓋の内側を見上げた。

「な、何を……」

肩にかかっていたジャケットとショールが外れてベッドの上に落ちる。

ワンピース型の寝間着の開いた胸元を隠そうと、アデラインは胸の前で腕をクロスさせた。

頬を赤く染めるアデラインの上に掛布がかけられ、熱い頬にクラウスの手のひらが触れる。

「強制的に眠らされる方がいいか？」

「ね、寝ます」

両手で掴んだ掛布を顔の半分を覆うまで引き上げて、アデラインは眉尻を下げた。

掛布の下で深呼吸をして呼吸を整えてから口を開く。

「あの、クラウスさん。レザードの逮捕には金狼の方々が関わっているのですか？」

「無関係ではないな」

「そうですか」

目を伏せたアデラインの口から沈んだ声が出る。

治まっていた胸の痛みが再発して息が苦しくなり、掛布を少し引き上げて目元を覆う。

「……落ち込まないと思っていたのに、レザードが逮捕されるのは当然だと思っていたのに、あんなに必死な彼の顔を見たのは初めてだったから、少し吃驚しました」

「そうか」

ベッドの軋み音と揺れ、敷布が引っ張られる感覚でクラウスが腰を下ろしたことが分かり、アデラインは掛布から顔を出した。

（え、うそっ……）

ベッドの端に腰を下ろして手を伸ばしてきたクラウスと目が合う。

冷酷非情の闇ギルドマスターと別人ではないかと思うくらい、今の彼は優しい目をしている気がして、アデラインの心臓が大きく跳ねた。

「落ち着くまで側にいる」

クラウスの手がアデラインの頭を一撫でしてから目元を覆う。

「だから、もう喋るな。目を閉じていろ」

低く落ち着いた声と、少し低い体温の手のひらの感触が心地良くて、いつの間にか胸の痛みと動悸は和らいでいった。

「はい。ありがとうございます」

目蓋を閉じたアデラインは、眠りの淵に落ちていくのを感じながら感謝の言葉を呟いていた。

＊＊＊

規則正しい寝息がアデラインから聞こえ、クラウスは眠る彼女の顔を覗き込んだ。

幼さが残る寝顔を見ていると、夢でも見ているのかアデラインの口元が動き笑みの形を作る。

甘く感じる吐息に誘われるように、クラウスは顔を近付けて……垂れた髪がアデラインの頬に触れる直前で止まった。部屋の外で待機している者の気配を感じ取り苦笑いする。

気を揉んでいるだろう部下は、クラウスを牽制するためにあえて気配を発しているのだ。

上半身を起こしたクラウスは首を軽く振り、アデラインの頬を指先で撫でる。

「おやすみ」

ずれた掛布をアデラインの肩までかけ直して、クラウスはベッドから離れた。

一度だけ振り返り、張られている結界を弄り強固にしてから窓を開いた。

ベランダの手摺に足をかけて飛び下りたクラウスを待っていたのは、気配を発したラザリーと困り顔のガルバム、そして制服姿のディオンだった。

目付きを鋭くさせたラザリーが一歩前へ出て、クラウスに頭を下げた。

「マスター、お嬢様の部屋まで転移して来たのですか？」

「ああ。俺の名を呼ぶアデラインの声が聞こえたからな」

涼しい顔で言うクラウスを見上げ、ラザリーはグッと言葉を詰まらせた。

「お嬢様の様子はどうでしたか？」

「寝た」

「それは……良かったです」

心底安堵した様子のラザリーは、硬かった表情を緩める。

大剣を背負ったガルバムがラザリーの横に並び、アジトから伝達魔法で送られてきた紙をクラウスに手渡す。

「マスター」

「執事の取り調べには参加するんですか？　ルベルトは自白魔法を使える者を送り込んだらしいですが、マスターが参加するなら自白魔法を使わないように伝えます」

手渡された紙にはルベルトの字で、警備兵に紛れ込ませた金狼メンバーと、進行中のもう一つの依頼の進捗情報が書かれていた。

突然、転移魔法を使ってアジトから姿を消したクラウスへ渡すため、急いでルベルトが書いたのだろう。普段よりも乱れた字から、ルベルトが慌てて書いたことが分かった。

一読して内容を頭に入れたクラウスは、紙をグシャリと握り潰す。

「参加はしない。参加などしたら、執事を生かしておく自信がないからな。公女は執事を私刑にかけるより、法により裁かれることを望んでいる」

「私はお嬢様を裏切り泣かせたあの執事を、時間をかけて痛めつけて壊してやりたいです」

「ラザリー、公女は執事を壊すことを望んでいない」

自分で発した言葉なのに気に入らず、クラウスは小さく舌打ちをした。

ベランダに出ていたアデラインの泣き顔が脳裏にチラつく。執事と義弟を想って泣いていたのだと思うと、胸の奥が苦しくなっていく気がしてクラウスは目を伏せた。

「マスターってさ」

ラザリーとガルバムの後ろで黙っていたディオンが口を開く。

「アデラインに随分と優しくなったよな。他の奴には鬼畜なのに、転移魔法まで使うなんて」

「ディオン！」

ディオンの口をガルバムの手が塞ぎ、続く言葉は声にならなかった。

「優しい？　俺がアデラインに対して？」

思いもよらない指摘を受けて、クラウスは目を丸くする。

「優しくしているつもりはない。依頼者だからだ。魔石を通して声が聞こえたから来ただけだ」

気にしていても優しくしているつもりなどなかった。だが、原因不明の胸の奥の痛みと息苦しさは増していき、クラウスは深い息を吐いた。

「マスター？」

「ぷはっ！　お前、加減しろよ」

普段と様子が違うクラウスを気にして、力が緩んだガルバムの手をディオンは口から外す。

「アデラインって見た目は気が強そうなのに中身は違うし、マスターが優しくしたくなるの分かりますよ。口では強がっていても思ったことが顔に出やすいし、少し褒めると真っ赤になって照れるのとか可愛いですし」

「……ディオン」

殺気すら感じさせる声で名前を呼ばれ、ディオンは瞬時に笑顔を消して口を閉じた。

「もう一つの方も仕込みは終わっただろう。そろそろ動くぞ」

顔色を悪くするディオンに背を向け、クラウスは門へ向かって歩き出した。

第５章.◆巻き戻り六日目。次々に起こる「知らない展開」に戦慄し、新しい契約を結ぶ

横領罪でレザードが逮捕され、領地からやって来た父親に素行の悪さを叱責されたエリックが自宅軟禁を言い渡されるという、大事が起きた翌朝。

考え過ぎて疲れていたせいでアデラインはなかなか起き上がれなかった。

寝ぼけ眼で着替えを済ませて髪を結い終わった頃、ようやく目が覚めたアデラインはドレッサーの前の椅子に座り、頭を抱える。

(昨夜のことは夢だった？　夢じゃなかったらまた、クラウスさんに泣き顔を見られたのね)

頬に触れた指先と肩を抱いた手の感触は、夢にしてはリアルでおそらく夢ではない。指輪越しにアデラインの声を聞いて、駆け付けてくれたのだと思うと体温が上がっていく気がした。

「お嬢様」

「はいっ」

背後から名前を呼ばれ、アデラインは勢い良く顔を上げる。ドレッサーの鏡越しに背後に立つラザリーと目が合った。

「先ほど、公爵閣下から朝食のお誘いが来ました」

「お父様が？」

「どうされますか？　お断りするのでしたら、執事長に伝えさせます」

腕組みをしたアデラインは目を伏せる。

父親と一緒に食事をした最後の記憶は、学園に入学する前日だった。あの時はエリックとの会話がほとんどで、父親とは二、三言しか会話していないのを覚えている。

「お父様に相談したいことがあったから丁度いいわ。ぜひご一緒したいと伝えて」

「分かりました。お嬢様、失礼します」

小さく頷いたラザリーはエプロンからブラシを取り出し、少し乱れてしまったアデラインの髪に手を伸ばした。


食堂の中央に置かれた立派なテーブルに並ぶ朝食を前にして、アデラインは何度も扉と壁かけの時計を見ていた。

エリックとの関係が悪化してから、自室で食事をしていたせいか久し振りの父親との食事に緊張して、落ち着かない。


トントントン。


軽いノックの後、壁際に控えていたメイドが扉を開く。

部屋に入ったベルサリオ公爵に向かって、室内の使用人達が一斉に頭を下げた。

ベルサリオ公爵が椅子に座り、一呼吸置いてから給仕係がティーカップへ紅茶を注ぐ。紅茶が注ぎ終わると、ベルサリオ公爵は使用人全員を食堂から退室させた。

「アデライン、昨夜は眠れたか？」

ふっとクラウスのことを思い出したが、父には告げないことにする。

「気持ちが昂って寝られないかと思いましたが、ベッドに横になってすぐに寝ていました。案外、寝られるものですね。お父様は休めましたか？」

「ああ。魔力を使い過ぎていたからな。考え事をする前に眠っていたよ」

どこかぎこちない会話をアデラインと交わす父親の顔色は、大量の魔力を消費した昨夜に比べれば血色も良くなっていた。

「お父様、申し訳ありません。わたくしがしっかりしていれば、エリックとも話し合えば良かったと、後悔しています。ベルサリオ公爵家の者として失格ですね」

〝私〟の意識が混じるまでアデラインはレザードを信じきっていた。不審な点はいくらでもあったのに、疑うことすらせず信じていたのは自分でも愚かだと思う。

「そうではない」

首を横に振った父親は苦笑いする。

「アデラインのことをレザードに任せていたのも、レザードと学園からの報告を鵜呑みにし、放置していたのも私だ。非の打ち所がないほど優秀だというエリックの評価と、急落していったアデラインの評価の違和感に気付けなかった。まさか、レザードが横領をし、アデラインを害していたなど、エリックが教師を買収していたとは、思わなかった」

「教師を買収？　エリックはそんなことまでしていたのですか！」

　ガチャンッ！


　アデラインの手からフォークが滑り落ちかけて皿に当たった。

「す、すみません。驚いてしまって……買収は殿下の指示でしょうか？」

　今はどうであれ、正義感が強かったエリックが買収など考えるはずはない。教師を買収するように仕向けさせた者がいるはずだ。

「誰に唆されたか調査中だ。買収されていた教師はすでに解雇された。学園長と共に学園内で行われている不正行為は全て調査する。事実と異なる噂話も全て調査するつもりだ」

「エリックは周囲に影響されたとしても、諫められなかったわたくしの責任もあります」

「気にするな。アリーシャによく似た面立ちをしたエリックを哀れに思い、つい甘やかしていた私の責任だ」

　目蓋を閉じた父親の眉間に皺が寄る。

（幼い頃はエリックが羨ましかったけれど、今ならお父様の気持ちも少しは理解出来るわ）

　幼くして両親を亡くしたエリックを哀れみ、懐かない娘よりも最愛の妻に似た甥を甘やかしてしまったのは仕方ないことだと、今のアデラインは理解していた。

（今のお父様なら、わたくしのお願いを聞き入れてくれるかしら？）

数回息を吐いて、呼吸を整えてから口を開いた。

「すでにご存じだと思いますが、わたくしは殿下と信頼関係を築くことは出来ませんでした。このまま殿下と婚姻してもいがみ合うだけです。お父様から国王陛下に、婚約の解消をお願い出来ないでしょうか？」

アデラインから出た婚約解消という言葉を聞き、父親は顔から表情を消した。

「婚約解消をしたいのは、王太子殿下が異世界人を寵愛しているからか？」

「いいえ。王太子としての責務を放棄し、享楽に耽っている殿下のことが生理的に受け付けなくなった、というのが一番の理由です」

「くっ、ははは！」

一瞬目を丸くした後、噴き出した父親は肩を震わせて笑い出す。

「生理的に受け付けないか。それは大問題だな」

「どうやら殿下はわたくしを悪女に仕立てて、話し合いによる婚約解消ではなく恋人の前で婚約破棄を宣言したいようです」

「はっ、王太子の一存で婚約の破棄など出来ない。ましてベルサリオ公爵家の、私の娘であるアデラインを軽んじて辱めるなど、許されない行為だ」

目を細めた父親の声は、笑いではなく怒りによって震えていた。

「明日、殿下主催のお茶会に招待されていまして、お茶会途中に婚約破棄を突き付けられるのでは、と予想しています」

「愚かな……そのようなことをしたら、王太子の地位が揺らぐとは思っていないのだな。学園と市井での行動、婚約破棄……潰すか」

「え？」

父親の口から発せられた言葉の最後が物騒だった気がして、アデラインは動きを止めた。

「婚約については私に任せておきなさい」

眉間に皺を寄せて怒りを滲ませていた父親は、別人になったかのようにやわらかく微笑んだ。

「多忙を言い訳にして、アデラインに向き合ってやれなかった……今まで、すまなかった」

「お父様……わたくしのために駆け付けてくれただけで十分です。ありがとうございます」

頭を下げたアデラインの視界が涙で潤んでいく。

「すまなかった」という言葉だけで、アデラインの体は軽くなり胸の奥に温かなものが広がっていったのを感じた。


週休日前日、どことなく生徒達は浮足立ち、授業に集中しきれていない生徒も少なくはない。

授業開始直前、緊急の会議が開かれるという校内放送が校舎内に流れ、慌てて教師達は教室を飛び出して行った。会議は長引き、午前中のほぼ全ての授業は自習対応となった。

（緊急会議って十中八九、お父様が動いたのでしょうね）

教室の窓から見える会議室の窓は、カーテンによって室内の様子は分からない。

憂鬱だった学年合同の体育の授業もなくなり、ヒュバード達と顔を合わせることもなく、アデラインは穏やかに過ごせていた。

昼頃になり戻って来た担任は疲れきっており、午後の授業は録画された映像視聴になった。

授業終了後、クラスメイト達と視聴覚室のある特別教室棟から渡り廊下を通り教室棟へ向かったアデラインは、ぎょっと目を開いて足を止める。

紺色の髪をした男子生徒と黒髪の女子生徒が、アデラインの方へやって来るのが見えたのだ。

深緑色のネクタイから、二人は一年生だと分かった。

二人が近付いて来るにつれて、アデラインの顔から表情が消えていく。

アデラインの両隣を歩いていたオリビアとリリアンも、近付いて来る一年生が誰なのか分かると警戒感を露わにする。

「アデライン嬢、少しお時間をいただいてもいいでしょうか」

「貴方は確か……」

学園で何度も見た覚えはあるのに、男子生徒の名前がすぐには思い出せない。思い出そうとすると、頭の奥がズキリと痛んだ。

「弟君、エリック君と同じクラスのサミュエル・モルガンと申します」

「モルガン辺境伯のご子息ですね」

視線を動かしたアデラインと目が合ったリナは、横を向いてサミュエルの背中に隠れた。

「アデライン嬢に用があるのは私です」

背中に隠れたリナの腰に軽く手を回し、サミュエルは愛想笑いと分かる笑みを浮かべた。

「本日欠席したエリック君は、体調を崩したのかと心配になりまして」

「そうでしたか。最近、エリックの周囲が穏やかではないと心配した父が領地から王都へ来ました。生活態度の乱れと成績低下を知った父は大変驚き、エリックを叱責しました。大分落ち込んでいましたから、それが原因で体調不良になったのだと思います」

「お父さんはエリックを叱責したの？」

　サミュエルの背中から顔を覗かせたリナは、不安そうに眉尻を下げて彼の手を握る。

「エリック君の成績が悪いなど、そんなことはありません。先日の試験も合格していました」

「我が父はベルサリオ公爵です。学園からの成績通知書だけで判断せず、独自にエリックの素行を調べました。わたくしの素行も全て調べられていると思います。勿論、他の方々の素行も調べているでしょう」

　サミュエルとリナの顔を交互に見た後、にっこりとアデラインは笑った。

「モルガン辺境伯家も、国境の防衛のために立派な騎士団をお持ちでしょう？　独自の騎士団、捜査機関を持っているのはベルサリオ公爵家も一緒です」

「ふっ、そうですか。エリック君には、皆が心配していると伝えてください」

　口元は笑みの形になっていても、サミュエルの目は全く笑っていなかった。

「ええ。エリックに伝えますね。お気遣いいただきありがとうございます」

「待ってください！」

　言葉を遮って声を上げたリナは、サミュエルの手を解きアデラインの前まで進み出る。

「昨日、エリックは『レザードが大変なことになった』と言って慌てて帰って行ったわ。アデラインさんがレザードさんに何かしたから、エリックも欠席したのでしょう⁉」

「何かした、とは？　リナさんと個人的に親しくしていても、レザードはまだ我が家の使用人です。ベルサリオ公爵家に関することはお教え出来ません。エリックは父に叱責されて体調を崩したと、たった今お伝えしたばかりです」

「でもっ！」

「うるさい女だな」

食い下がろうとするリナは、呆れ混じりに投げかけられた言葉でようやく動きを止めた。

「納得出来なくても、人の家のことに口を出さない方がいい。それと、上級生に向かってその口の利き方は、いくら異世界人でも王太子に気に入られていても失礼だろ」

「はっ？　失礼って何よ！」

勢い良く振り返ったリナは、アデラインの後ろにいるディオンを憎々し気に睨み付ける。

「お前も止めろよ。これ以上は面倒なことになると分からないのは異世界人でもヤバイぞ」

鼻で嗤ったディオンの態度を受けて、サミュエルは貼り付けていた柔和な表情を崩した。

「……失礼しました。リナ、エリックの欠席理由は分かっただろう。戻ろう」

「でもっ！」

眉を吊り上げたままのリナの肩に手を置き、サミュエルは溜息を吐く。

「授業に遅れる。教室に戻るよ」

渋々といった体で頷いたリナは、アデラインとディオンを睨んでから教室棟へ戻って行った。

恋人に失礼な態度をとったと、ヒュバードが苦情を言いに来るかと警戒しているうちに、放課後となった。

当番日誌を書いて職員室へ提出したアデラインは、鞄を持つディオンと一緒にラザリーが待っている使用人待機場所へ向かった。

「ブライアン様？」

待機場所の外でラザリーと話をしている男子生徒、ブライアンの背中に声をかければ、彼は跳び上がらんばかりの勢いで振り返った。

「どうしてここに？　またラザリーが失礼なことをしましたか？」

昨日、ブライアンはラザリーのことを気にしていた。

ラザリーが失礼なことをしてしまったのかと、アデラインは不安になりブライアンに問う。

「いや、そういうわけでは、ただ少しだけ、話をしていただけで」

しどろもどろで答える、ブライアンの頬と目元がほんのり赤く染まっている気がして、アデラインは「どうしたの」という問いを込めてラザリーの方を見た。

「お嬢様申し訳ありません。先日、ブライアン様と共通の趣味の話で盛り上がりまして、今日もお話をする約束をしていました。ブライアン様、週休日明けに続きをしましょう」

「ぁっ、ラザリー……」

ブライアンの眉尻が下がっていき、見るからに〝意気消沈〟したのが分かって、アデラインは驚いて目を瞬かせた。

「お嬢様、ブライアン様は話し足りないようです。もう少し話してもよろしいですか？」

「ええ、わたくしはかまわないけれど……」

王太子の側近候補達の中でも頭脳派、冷静沈着な印象のあるブライアンが、ラザリーの一言で嬉しそうに瞳を潤ませたのを目にしたアデラインは戸惑う。

「申し訳ありません。ディオさん、この後はお願いします」

「あ、ああ」

目を細めて僅かに微笑んだラザリーに頼まれ、若干顔色が悪いディオンは頬を引き攣らせた。

馬車乗り場へ向かって歩くアデラインは、使用人待機場所の方を振り返って首を傾げる。

「ラザリーったら、いつの間にブライアン様と親しくなったのかしら？　あんなブライアン様は初めて見たわ。趣味の話って言っていたけど、ラザリーの趣味って何か知っている？」

「あー……さぁな」

数秒考えたディオンは、アデラインから視線を逸らし歯切れの悪い返事をした。

見送るディオンに手を振り、アデラインは馬車に乗り込んだ。

＊＊＊

馬車が動き出すと、アデラインは背凭れに寄りかかる。

（明日は王太子主催のお茶会。ブライアン様からは敵意は感じなかったわ。側近から抜けたカルロス様、逮捕されたレザード、謹慎中のエリックは参加出来ない。お父様はかなりお怒りだったから、陛下に殿下の素行を理由に婚約解消を申し出るはず。これで、殿下の独断でわたくしを捕らえることは難しくなった）

窓から外の景色を眺めながら、これから明日までにやるべきことを頭の中で組み立てていく。

（不安要素があるとしたらサミュエル様ね。彼の言葉には違和感があったわ。それに確か彼は……。でも、リナさんが王太子ルートで進んでいるのなら、その可能性は低いわ）

時間を逆行する前、お茶会でヒュバードから婚約破棄宣言をされて兵士達に捕らえられた時の記憶が蘇り、不安からアデラインの体は小刻みに震え出す。

腕を回して両肩を抱き締めたアデラインは、馬車の窓から外の景色を見詰めた。

「お帰りなさいませ」

屋敷へ帰って来たアデラインを執事長とメイド、そして父親直属の騎士達が出迎える。

「お父様はまだ戻られていないのね」

「はい。お帰りは夜遅くになるそうです」

執事長の返答に「そう」と返したアデラインは、玄関ホールから続く階段を見上げた。

「日中、エリックの様子はどうだったの？」

「お部屋で静かに過ごされていました」

「そう。良かったわ」

専属メイド達はエリックの専属を外されて、彼の側にはラザリーに躾けられた使用人と、父親の命を受けた護衛騎士しかいない。いくら反抗心を抱いていても、部屋で大人しくしているしかエリックには選択肢はないのだ。


制服のジャケットをハンガーにかけていたメイドを部屋から出て行かせ、ソファーに座ったアデラインは大きく伸びをした。

（ラザリーが側にいないと落ち着かないわ。そろそろ帰って来るかしら）

両腕を上げて伸びをしてアデラインは、窓から射し込む夕陽の茜色に照らされ赤く輝いて見える左手人差し指の指輪を指先で撫でる。

指輪の光を眺めていたアデラインの目の前が真っ白に染まる。大きく目を開き、アデラインは腕を上げて固まった。


（何、これ？　視界が……）

真っ白に染まったのは数秒間だけで、流し込まれたように戻って来た色彩は見覚えのある、しかし、アデラインは知らないはずの光景。

手狭な部屋に置かれたチェストと小さなテーブル。そして、壁際に置いたベッドに左肘をついてうつ伏せになり寝転んでいる、黒髪の若い女性の姿があった。

『投票でシークレットイベントの内容が決まるんだ?』

黒髪の女性は黒色の板の表面を指先でなぞり、楽しそうに声を弾ませていた。

『イベントはヒロインだけでなく、ライバルキャラのアデラインも？　へぇー、レザードの歪んだ執着？　アデラインの我儘に振り回されていると見せかけて、実は違ったの？　後は、義弟との話か。どっちにしろ、アデラインのシナリオはヤンデレなのね』

「うーん」と唸った女性は、黒色の板の表面を人差し指で弾く。

『見てみたいのは、こっちかな。主従関係と見せかけたヤンデレね』

楽しそうに笑った女性は、黒色の板の表面に置いた人差し指を動かした。

（これは、どういうことなの？　歪んだ執着って、まさか！）

黒色の板を見ようと、女性に近付いたアデラインの脛がローテーブルの脚に当たり躓きかけた時、再び視界が真っ白に染まっていき……眩しさで目蓋を閉じた。


光は消えていき、我に返ったアデラインは両腕を上げたままの体勢で停止していた。

「う、今のは、〝私〟の記憶?」

上げていた両腕を下ろして太股の上に置く。

（あの部屋は〝私〟の部屋で、楽しみにしていたシークレットイベント情報を見ていた。それから投票？　上位だったイベントが追加される。そして、〝私〟が選んだのは……）

太股の上に置いた手に力が入り、スカートごと握り締める。


グラグラグラ！


「きゃあ！」

突然、室内が大きく揺れ出し咄嗟にアデラインはソファーの背凭れにしがみ付いた。

（い、今のは、地震？　早く外へ避難しなきゃ！）

しがみ付いていた背凭れから体を起こし、ふらつく両足を動かしてなんとか扉へ辿り着く。

廊下へ出ようとアデラインがドアノブに手を伸ばした時、ゆっくりと扉が開いた。

「……え？」

扉を開いた人物を見上げたアデラインは、目を見開いてその場から動けなくなった。

「ご無事ですか？」

声を出せないでいるアデラインを見下ろした彼は、いつも通りの笑みを浮かべて扉を閉める。

「何故、どうして？　レザード、貴方がどうしてここに……」

警備兵に逮捕されたレザードは、夜通し取り調べを受けていたはずだ。

（様子がおかしい？　こんな展開は知らないわ。はっ！　まさか、これは『レザードの歪んだ執着』というシークレットイベント？）

　レザードから放たれる穏やかとはいえない剣呑な雰囲気を感じ、早く離れなければと分かってもアデラインの両脚は動いてくれない。

「お嬢様が心配で、こちらへ戻って来ました」

　普段と変わらない表情のレザードは、落ち着いた口調で言うと微笑んだ。

　微笑んでいるのに彼の目は笑っておらず、アデラインの全身に悪寒が走り抜けていく。

「申し訳ありません。警備兵の中に厄介な者が混じっていたため、始末するのに少々手間取りまして……お嬢様の下へ戻って来るのが遅くなりました」

　唇は笑みの形から動かさず物騒な台詞を言うと、レザードはジャケットのポケットから血塗れの手袋を取り出し床へ放る。

（ひっ！　早く逃げなければ！　動いてお願い！）

　浅い呼吸を繰り返して、アデラインはようやく動けるようになった体に力を入れた。

「ち、近付かないで！」

　触れようとしたレザードの手を力いっぱい叩き、動きを止めた彼の横をすり抜けてドアノブを動かそうとしても、固定されたかのように全く動かない。

「誰か！　誰か来て！」

（ラザリーはまだ戻っていなくても、ガルバムさんが警戒してくれている。叫び声を聞きつけて駆け付けてくれるはずだわ！）

期待を込めて声を張り上げて叫んでも、アデラインの声に応える者はいないどころか、部屋の外から使用人達の気配も、物音一つもしない。

「お嬢様」

レザードの手がアデラインの肩を掴み、ゆっくりと振り向かされる。

恐怖で上げかけた悲鳴は、何とか口から出るのを堪えた。

「叫んでも無駄ですよ。屋敷全体を覆っていた結界をこの部屋のみに集中させました。これで並大抵の者は部屋に入ることも、お嬢様がこの部屋から出ることも出来ません」

「そんなこと」

「屋敷の構造を熟知した私なら可能です。この結界の中でお嬢様は魔法を使えません」

青褪めるアデラインの顔を見下ろし、目を細めたレザードの唇が愉悦で吊り上がった。

「ああ、こんなに震えて可哀想なお嬢様。王太子に邪険にされて、周囲の者達から冷たくされておつらかったでしょう？　これからは私が貴女を守ります」

「いやっ！　放して！」

肩を掴む手を振りほどこうと、アデラインはレザードの腕を押すがびくともしない。

逃れようとすればするほど肩を掴む手に力が入っていき、アデラインは痛みで顔を顰めた。

「美しく成長した貴女を見る、男子生徒達の邪な目付きに気付いていましたか？　幼く愚かな王太子がわざとお嬢様を邪険に扱い、気を引こうとしていたのを気付いていましたか？　エリック様も、お嬢様に姉以上の感情を抱くようになっていました」

言葉を切ったレザードは俯くと溜息を吐く。

「私の可愛いお嬢様に近付く男達を、何度この手で八つ裂きにしてやりたかったことか」

「あ、貴方はリナさんに好意を抱いていて、わたくしを裏切ったのでしょう？」

「違う」

顔を上げたレザードはアデラインと視線を合わせる。

レザードの瞳の奥に宿る狂気の光に気付いてしまい、アデラインの全身に鳥肌が立った。

「違うなら、どうして食事に毒を混ぜたの。どうして、わたくしに敵意を向けたの？」

精神に作用する毒薬を食事に混入させ、心身を害する魔石を装身具に使用してアデラインを害そうとしたのは、リナのためではなかったのか。

「リナ嬢に惹かれたのは、一時の気の迷いでしょうかね。王太子と結託したエリック様の命で、お嬢様の心を乱そうとしたのは認めます。しかし、専属を外された時に間違った行いだったと、私が必要としているのはアデラインお嬢様だけだと再確認しました」

「やはり、エリックと殿下がわたくしを害そうとしたのね」

レザードの独断ではなく王太子とエリックの指示だったという自白を聞き、アデラインの中に恐怖以外の怒りの感情が湧き上がってくる。左手人差し指にはまっている指輪をチラリと見た。

（魔石がこの会話を録音していれば、殿下がわたくしを暗殺しようとした証拠になるわ）

指輪には報告書の収納以外の機能、物理魔法耐性向上と音声記録があり、レザードが肩を掴んだ時、咄嗟に指輪に触れて音声録音機能を発動させたのだ。

（でも、気の迷いって何？　それに、この目付きがおかしくなったレザードは、どこかで見たことがあるわ。どこで？　はっ⁉　嘘、そんなことってある？）

〝私〟が楽しみにしていたアプリゲームのシークレットイベントの一つ。

執事が抱いていた悪役令嬢への歪んだ想いを爆発させる、ヤンデレシナリオのサンプルスチルと同じ表情を目の前のレザードはしていた。

（わたくしのせいなの？　あの時、〝私〟がヤンデレシナリオに投票したから、ゲームの強制力でレザードを歪めてしまったの？）

アデラインの体が小刻みに震え出し、両目は涙で潤んでいく。

「怖いですか？　可哀想に。貴女を害する者など誰一人いない、安全な場所を用意します。さぁ、私と一緒に行きましょう」

ニヤーと嗤ったレザードの顔が近付き、頬に吐息がかかった。

（いやぁああー！）

嫌悪感でアデラインの全身から震えが止まる。目を吊り上げて、両手両足に力を入れた。

「嫌よ！　放しなさい！　ヤンデレが許されるのは創作だけだわ！　現実でヤンデレなんて絶対に無理ー！」

バチバチバチッ！

「くっ⁉」

叫びに呼応するように、左手人差し指の指輪から発生した大量の火花がレザードへ向かって散り、驚いた彼の手がアデラインの肩から外れた。

「一方的な歪んだ愛なんて現実ではいらないー！　心を壊そうとする男なんて大嫌いだわ！」

くるりと背を向けたアデラインは、バルコニーへ続く窓に向かって駆け出した。

（後少し！　窓まで行けば異変を伝えられる！　外にはガルバムさんがいるはずよ！）

屋敷に張り巡らされていたのは、防衛に特化した結界で幻視の力はなかったはずだ。

窓までの距離を縮めようと、アデラインは右手を伸ばした。

「きゃあ！」

後少しで窓まで辿り着くというところで背中に衝撃が走り抜け、アデラインの体は前のめりに傾いでいく。

ガターン！

伸ばしていた右腕がドレッサーの椅子に当たり、椅子ごと床へ倒れた。

「うぅ、痛っ」

床に打ち付けた上半身と座面の角が当たった額の痛みで、アデラインは顔を歪めて呻いた。

起き上がろうとして力を入れると、痛みと眩暈で視界が揺れる。揺れる視界の中、レザードが

近付いて来る足音が聞こえて歯を食いしばって痛みを堪え、顔を上げた。

「私のことをいらない？　大嫌い？　ふっ、お嬢様にはお仕置きと躾が必要ですね」

加虐することへの愉悦と高揚感で、ほんのりと頬を赤く染めたレザードは息を荒らげた。

「仕置きだなんて、お断りだわ」

痺れる両腕を動かして床に手をつき、アデラインは上半身を起こす。

体を起こした勢いで、椅子の角で切った右こめかみの傷からの出血が頬を伝い、顎から床へと落ちていく。

「ああ、綺麗な顔に傷がついてしまいましたね。すぐに治してあげます」

「触らないで」

身を屈めて触れようとしたレザードの手を叩き、拒絶したアデラインは彼を睨み付ける。

「ふふ、貴女が私のモノだという証に傷を残しておくのもいいか」

「傷が残ってもわたくしは貴方のモノにはならないわ！　人をモノ扱いする男なんて嫌い！」

「生意気なお嬢様を、どうやって躾けて差し上げようかと考えるだけで、興奮してしまいます」

ハァーと、息を吐いたレザードは笑みを深くする。

「ひっ」

恐怖よりも嫌悪感から、アデラインの全身に悪寒が走り鳥肌が立つ。

（気持ち悪い！　どうにかしたくても、結界のせいで魔法は使えない。戦おうにも体が痛くて動くのもままならない上に、わたくしの護衛も兼ねていたレザードに体術で勝てるわけないわ。ど

うやってこの場を切り抜けたらいいの⁉）

ヤンデレルート回避の打開策はないかと、アデラインは思考を巡らす。

『助けが必要になったら俺の名前を呼べ。どこであろうと駆け付けてやる』

昨夜、夢現で聞こえた優しい声と頭を撫でた大きな手のひら。

触れられると鳥肌が立つレザードの手とは違い、彼の手は触れられて安堵した手だった。

「クラウスさん……」

名前を口にしてしまうと、ジワリと滲み出た涙が目尻から零れ落ちそうになり、右の目元を流れ落ちる血液で歪んでいた視界がさらに歪んでいく。

「助けて、クラウスさん！　いっ」

一変してレザードは真顔になり、アデラインの髪を掴んで彼女の顔を引っ張り上げた。

出血で赤く染まる顎を掴み、レザードは無理やりアデラインと視線を合わせる。

「私以外の男の名前を叫ぶなど、お嬢様はお仕置きを望んでいるようですね」

「くぅ、望んでなんかいない。放しなさいよっ！」

パキンッ！

アデラインの叫びに呼応するように、硝子が割れるような音が響いた。部屋を覆っていた結界に生じた一か所のヒビは、全体へ一気に割れ広がっていく。

バキバキバキッ！　バリーン！

広がったヒビは派手な音を立てて勢い良く砕け散り、破片は床に落ちる前に消えていった。


ゴオオー！


結界が砕けて起きた突風はレザードだけを襲い、アデラインの髪を掴んでいた手が離れる。

悲鳴を上げる間もなく、レザードの体は真横に吹き飛んだ。


ダンッ！


突風で吹き飛ばされたレザードは、めり込むように壁に激突して床に落ちる。

何が起きたのか、理解しきれていないアデラインの目の前で魔法陣が描かれ、魔法陣の中央から現れた漆黒が視界を遮った。

「触るな」

底冷えする冷たさと圧力を感じさせる声が、魔法陣から現れた漆黒を纏った彼の口から発せられ、アデラインの唇が震え出す。

「お前は求められていない。アデラインが求めたのは、俺だ」

「クラウス、さん……」

名前を口にすると、零れ落ちるのを堪えていた涙がぽろりと目尻から零れ落ちた。

振り返ったクラウスは、アデラインを見て大きく目を開き、次いで目つきを険しくした。

「アデライン……傷付けられたのか」

床に片膝をついて身を屈めると、眉間に皺を寄せて額とこめかみの傷を確認したクラウスは、アデラインの額に右手のひらを向けた。

無詠唱で発動した回復魔法のやわらかな黄緑の光がアデラインを包み込み、こめかみの傷と全身の打撲が癒やされていく。

緊張で強張っていた体から力が抜けて、アデラインの両目からとめどなく涙が零れ落ちた。

「こわ、かった」

逮捕され、取り調べを受けていると思っていたレザードが現れた恐怖。結界の中に閉じ込められ、逃げられないかもしれないという絶望。心と体を壊されるかもしれない恐怖。

恐怖と嫌悪感で押し潰されそうになっていた時に、助けに来てくれたクラウスの暖かさに触れて、涙するアデラインの口から嗚咽が漏れた。

「クラウス、さん、ありがとう」

怪我が癒えて動かしやすくなった手で、血と涙で濡れる目元を拭う。

「こうなったのは、俺が執事を軽く見ていたせいだ。監視で置いていた者が、まさか倒されるとは想定していなかった」

目を伏せたクラウスは、コートのポケットからハンカチを取り出して手では拭いきれなかった、アデラインの目元から顎にかけての血を拭う。

「でも、約束通り助けに来てくれたわ」

目蓋を閉じたアデラインは、頬に添えられたクラウスの手のひらの上から自分の手を重ねた。

「お前は」


ガタンッ！


クラウスの声に重なるように、吹き飛ばされて壁に激突したレザードが衝撃で落下した絵画を動かし、起き上がった。

「ハァハァ、なん、なんだと。ぐぅ、結界が破られるはずは、ないのに」

立ち上がったレザードは背中を向けるクラウスを睨んだ。

「しぶといな」

優しい表情を消し、アデラインの頬へ添えていた手を放したクラウスは、立ち上がったレザードへ殺気すら感じさせる冷笑を向けた。


バンッ！

壁に手をついて立っていたレザードは、近くにあった扉が勢い良く開いた際の揺れによってよろめき、転倒しかけて床に手をついた。

「お嬢様ー！」

部屋へ飛び込んで来たラザリーは、室内の状況を把握するとアデラインの側へ駆け寄る。

「ラザリー？」

目を真っ赤にして髪を乱したラザリーの姿に、アデラインは目を丸くした。

「私が離れていたせいでこんなことに……お嬢様、マスター、申し訳ありません」

床に両膝をついたラザリーは、アデラインの拭いきれていない血で汚れた手を握る。

「メイドが私のお嬢様に触るな！」

変形した左肩を右手で押さえたレザードが叫び、ビクリと体を揺らしたアデラインはラザリーの腕にしがみ付いた。

「……私のお嬢様、だと？」

クツリと喉を鳴らしてクラウスは嗤う。

「今から死ぬ貴様に手足など不要だろう。全て焼き切ってやるよ」

物騒なことを言ったクラウスの髪が揺れ、彼の周囲から漆黒の魔力が立ち上っていく。

ジャラララー！

漆黒の魔力は鎖となり、音を立てて真っすぐにレザードへ向かって伸び、全身に巻き付くと動きを止める。

「ぐあああ!?」

巻き付いた鎖は電撃を放ち、室内には焼け焦げた布と肉の臭いとレザードの絶叫が響いた。

「止めて！」

握られていたラザリーの手を振り払い、立ち上がったアデラインはクラウスのコートを掴む。

「殺さないで」

「何故、止める？」

制止される理由が分からず、戸惑いの表情を浮かべたクラウスはコートを掴んでいるアデラインを見下ろした。

「彼には、犯した罪を償ってもらいます。罪を償うために、生かしてください。優しかった時のレザードと今の彼は違うって、信じていたいから。お願い、殺さないで」

顔を歪めたアデラインの目から、涙が再びぽろぽろと零れ落ちてコートを掴む手に落ちた。

「何故、お前は……ちっ」

言いかけて止めたクラウスは舌打ちをすると、パチンッと指を鳴らす。

発動途中だった魔法は解除され、レザードを拘束していた漆黒の鎖は粒子となり空気に溶けるように消えた。

ドサッ！


拘束していた鎖がなくなり、意識を失ったレザードの体は床へうつ伏せに倒れた。

破れた服の隙間から見える四肢の火傷は痛々しいが、致命傷まではなっていないようだ。

「あっ」

倒れたレザードに気をとられていたアデラインの手の上に、クラウスの手が重なりコートを握っていた彼女の指を外していく。

「ディオン、ガルバムいるな」

「はい」

「はっ」

扉から顔を覗かせたディオンは、アデラインの方を見て安堵の息を吐いた。

ディオンに続いて入室したガルバムは、クラウスに会釈してから意識を失っているレザードに近付き状態を確認する。

「お嬢様、私達は別室へ移動しましょう」

「ええ」

ラザリーに促されて頷くも、アデラインの目は背を向けたクラウスを追っていた。

「ディオン。執事を、連れて行け」

息を吐き出したクラウスは片手で顔を覆う。

「了解」

回復魔法を発動させたディオンは、レザードの四肢の火傷の応急処置をして彼の首に魔封じの首輪をはめた。

意識を失い脱力したレザードの肩に手を入れ持ち上げたガルバムは、彼の体を背負う。

「で、執事の引き渡し先はどこに、マスター？　まさか⁉」

クラウスの方を向いたディオンは、ギョッと目を見開いた。

異変に気付いたガルバムも全身を強張らせ、ラザリーもハッと息を飲む。

両手で顔を覆うクラウスの全身から、漆黒と紫紺の強い魔力が溢れ出していたのだ。

しゅうしゅうと、クラウスの体から溢れた魔力に触れた絨毯が、音を立てて溶けだす。

「マスター！　魔力を抑えてください！　ここいら一帯を吹き飛ばす気ですか！」

焦るディオンの声に応えることなく、クラウスから溢れ出る魔力の量は増していく。

「お嬢様、屋敷から逃げます。ここにいるのは危険です」

ラザリーの表情と声にも焦りが混じり、アデラインの手を握る力が強くなる。

「危険って？　クラウスさんはどうしたの？」

両手で顔を覆ったクラウスから漏れ出た魔力は障壁となり、ディオンの声は届いていない。

「感情の昂りによって、抑えきれなくなったマスターの魔力が暴走しかけています。以前も暴走はありましたが、戦闘中以外では初めてです」

「ええっ⁉　クラウスさんっ！」

驚くアデラインの声に反応して、クラウスの肩がピクリと揺れる。

「ぐぅ、俺は、くっ……出てくるな」

苦し気な呼吸を繰り返すクラウスの背中に、幾重にもなった魔力が漆黒の翼のようなものを形成していく。強大な魔力が発する圧力により、耐えきれなくなってきた部屋全体がミシミシと軋み音を立て出す。

「ガルバム、アレを止められるか？」

「無理だな」

「だよな。じゃあ仕方ないか」

苦笑いしたディオンはすぅーっと思いっきり息を吸った。

「アデライン！　マスターに抱き付け！」

「抱き付け？」

言われた言葉の意味が分からず、アデラインは目を丸くする。

「聞こえたか？　思いっきりマスターに抱き付くんだ！」

「えええっ⁉」

目を白黒させたアデラインの前へ出たラザリーは、眉を吊り上げた。

「私達でも無理なのに、お嬢様がマスターを抑えられるわけがないでしょう！」

「マスターは、アデラインが怪我して切れたんだろう？　それなのにアデラインが執事を庇うもんだから、感情が抑えきれなくなったんだよ。多分。だから、マスターを止められるかもしれないのはアデラインだけだろ」

「……え？　クラウスさんが？　どうして？」

目を瞬かせたアデラインは、漆黒の魔力に覆われたクラウスを見詰めた。

「マスターが魔力を爆発させたらここら一帯が吹っ飛ぶ。一か八かでも頼むアデライン！」

「ああなったマスターを止めるのは私達でも無理です！　近付くのも危険です！」

制御不可能となった魔力が渦巻くごうごうという音に邪魔され、ディオンとラザリーの二人の声はアデラインにははっきりと聞こえない。

（魔力の隙間から見えたクラウスさんは苦しそうだった。わたくしのせいなら助けなきゃ）

深呼吸をしてアデラインは一歩前へ出る。

「クラウスさんがああなったのはわたくしが原因なのね。だったら、分かったわ」

手を握るラザリーに笑いかけ、アデラインは左手人差し指の指輪を撫でた。

「金狼の皆さんは、契約通りわたくしを守ってくれるのでしょう？」

「くっ、お嬢様のことは、全力でお守りします」

目を伏せてラザリーが頷き、答えに満足したアデラインはクラウスへ向かって歩き出した。

ラザリーが魔力で揺れて軋む部屋全体を結界で覆い、ディオンはクラウスの周囲に障壁を張り暴走する魔力を抑えにかかった。背負っていたレザードを放り投げたガルバムは、ディオンが張る障壁の強化をする。

「分かっていたが、これはきついな」

　両手で印を組み、魔力を放出するガルバムの額に汗が滲む。

「アデライン！　少ししか抑えられない！　走れっ！」

「分かったわ！」

　ディオンが張った障壁にぶつかった漆黒の魔力は、僅かに出来た綻びから侵入して走るアデラインへ襲いかかる。


　バシュッ！


　左手人差し指の指輪が光り輝き、アデラインに当たる直前で張られた防御壁が魔力を弾いた。

（これは？　三人がかりでも抑えきれない魔力を指輪が避けてくれているの？）

　巨大な魔力の塊に辿り着いたアデラインが指輪を近付ければ、背中に翼を生やし全身が漆黒の鱗に覆われた異形と成ろうとしているクラウスが姿を現す。

（怖い。でも、躊躇している時間はないわ！）

　覚悟を決めて鱗に覆われた体に手を伸ばす。触れた瞬間、静電気に似た痛みが指先に走った。

「クラウスさん、わたくしはもう大丈夫です。だから、落ち着いてください」

　顔を覆っていたクラウスの腕が声に反応して動き、全身から放出されていた魔力が止まる。

「貴方はわたくしを守ると言ってくれたでしょう。ギルドマスターが交わした契約を破るの？」

顔を覆っていた手が外れ、漆黒の鱗の間から覗く深紅色の瞳がアデラインの姿を見る。

パリパリ、パリン……。

体を覆っていた漆黒の鱗は剥がれていき、床に落ちる前に砕け散った。

「……契約？　俺は……」

「クラウスさん、しっかりしてください」

呆然とするクラウスに両手を伸ばしたアデラインは、彼の肩にしがみつくように抱き付いた。

「これは……そうか」

抱き付くアデライン越しに周囲の状況を把握し、クラウスは目蓋を閉じる。

「アデライン、俺の」

閉じた目蓋を開いたクラウスは、鱗が剥がれて人の皮膚が見えるようになった手のひらを見た後、抱き付くアデラインの背中に腕を回して彼女を抱き締めた。

パァァアー！

転移魔法陣がクラウスの足元に展開され、放たれた銀色の光が二人を包み込んでいった。

真っ白に染まった視界に驚く間もなく、突然足元が消え失せたような浮遊感に襲われる。

数秒続いた浮遊感がなくなり、鮮明になった視界に広がったのは見慣れた自室ではなく、青色に塗った壁と床に古代文字が書かれたこぢんまりした部屋だった。

「え？」

首を動かしてアデラインは周囲を見渡し、状況の変化に目を白黒させた。

「ここは、俺の隠れ家の一つだ」

「隠れ家？」

「あの場に残っていたら、魔力を安定させるのに時間がかかるため転移した。ここなら魔力を抑え込める」

アデラインを抱き締める腕に力を入れ、クラウスは彼女の耳元に顔を近付ける。

「転移魔法って、そうそう使えるものではないでしょう。体は大丈夫なの？」

「問題はない。お前のおかげで元に戻れた。あのままでは、完全に正気を失い人ではなくなっていた。そして、衝動のまま全てを破壊していただろうな」

「元の姿って、あっ、ちょっと」

背中に回していた腕を動かしてアデラインを横抱きにしたクラウスは、壁際に置いてある簡易ベッドの上に彼女を下ろして座らせた。

ベッドに手をつき、戸惑うアデラインに覆いかぶさったクラウスは彼女の肩に顔を埋める。

「クラウスさん、待って」

制止の声を無視したクラウスは、首筋に唇を押し当て背中に回した腕でよろめくアデラインの上半身を支えた。

「……甘いな」

「ひゃあ、駄目だって」

密着する羞恥で体温が上がり、汗ばむアデラインの首筋に啄むように口付けて、クラウスは肌の感触と香りを堪能する。

（こ、この人はいったい何をしているの？　駄目って言っているのに放してくれないなんて。クラウスさんの体が熱いのは、まだ魔力が不安定なの？　だから、こんなことしている？）

羞恥で混乱する思考ではクラウスの行動の意図が分からず、かといって彼の魔力が不安定になっているのでは抵抗も出来ずに、首筋への口付けを受け入れるしかなかった。

肩に顔を埋めたクラウスが皮膚を軽く吸う度にアデラインの体から力が抜けていき、コートの襟を握る指は添えているだけになってしまった。

「んっ」

堪えても漏れ出てしまう声が恥ずかしくて、アデラインは目蓋と口をきつく閉じる。

それでも、クラウスの熱い吐息と唇の感触はくすぐったくて、甘ったるい声が出てしまう。

背中に回された腕が支えていなければ、力が抜けたアデラインの体は仰向けに倒れていた。

「はぁはぁ、クラウスさん」

「……どうした？」

首筋に埋めていた顔を上げたクラウスの少し掠れた甘い声、熱を宿した瞳と目元をほんのり赤くした色気のある表情を直視してしまい、アデラインの胸の奥が締め付けられる。

「もう、恥ずかしくて無理。終わりにしてっ」

これ以上触れられるのは駄目だと、アデラインは真っ赤になった顔を何度も横に振る。

目を細めて笑ったクラウスは、アデラインを労るように頬に触れるだけの口付けを落とした。

「少しやり過ぎた。悪かった」

「これ、少しじゃないです」

フッと、笑ったクラウスは立ち上がるとアデラインの隣に座る。

少しだけ二人の間に隙間は出来ても、アデラインの腰を抱く腕は外れてはくれない。

「あの、もう少しだけ」

「アデライン」

目を合わせて名前を呼ばれてしまうと、何故か「離れて」と続く言葉は言えなくなった。

「執事はお前を裏切り追い詰め、兵達を殺害した。裁判を受けても下されるのは死刑だ。生かしておく必要はないだろう。それでも助けようとしたのは、お前があの男を慕っているからか」

「慕う？　わたくしがレザードを、ですか？」

慕っていると勘違いされていたと知り、アデラインは不快感で眉根を寄せる。

「幼い頃から仕えてくれていたレザードには感謝はしています。でも、裏切られて殺されかけたし、屋敷に侵入して閉じ込めようとしたのは、本当に気持ち悪かった。昔はともかく、今は一欠片も慕っていません。彼には犯した罪を認めて償ってもらいたいだけ。それに、レザードの証言があれば王太子が何を言って来ても反撃出来るでしょう？」

「アデラインが未だに執事を慕っていたら、死んだ方がマシだと思う苦痛を執事に与えていた」

　甘い雰囲気を一変させて纏う雰囲気を剣呑なものにして、不穏なことを言い出したクラウスは愉しそうに口角を上げた。

　クラウスの変化を目の当たりにして、茹だったアデラインの思考が一気に冷めていく。

（こわっ！　忘れかけていたけどこの人は冷酷非情の闇ギルドマスターで、ゲームではヒロインとヒーローを圧倒的な力で苦しめる鬼畜なラスボスだった）

　契約関係で味方になっているだけで、金狼とクラウスはヒロインにとって敵なのだと思い出した。ゲームではヒロインと敵対する者達からの依頼で、今はアデラインからの依頼で王太子達を追い詰めようとしている。

「け、契約通り、守ってくれてありがとうございます」

「契約、か」

　苦笑したクラウスは、片手でコートのボタンを外して合わせを開き、シャツのボタンを外していく。

「ちょ、ちょっと、何をしているのっ」

　焦るアデラインは立ち上がりかけて、開けたシャツから見えた肌の異質さに目を見開いた。

「黒い鱗？」

クラウスの胸元、心臓の真上の肌が漆黒の鱗と化していた。

（これは、魔力を暴走させて鱗に覆われた異形へと変化しかけていた名残り？）

戸惑うアデラインの手を掴み、クラウスは自分の手を重ねて胸元の鱗に触れさせた。


　しゅうぅぅ……。


アデラインが鱗に触れた瞬間、鱗は溶けるように消えていき他と同じ肌となる。

「触れるだけでコレが消えるとは。やはり、お前が俺の……魂の番《つがい》なのか」

「魂の番？」

聞きなれない言葉の意味が分からず、アデラインは何度も目を瞬かせた。

真剣な表情のクラウスは冗談を言っているわけではなさそうで、アデラインの脳内は疑問で埋め尽くされていく。

（話の流れから特別な関係みたいなもの？　わたくしが特別な相手ってこと？　契約主以上の特別な関係って何？　恋愛関係？　お付き合いも何も、告白すらしていないのよ。はっ！　殿下と婚約解消も出来ていないのに付き合うなんて、わたくしは何を考えているのー!?）

　うんうん唸って考え込んだり赤面したりと、一人百面相をするアデラインは熱を帯びた両頬に手のひらを当てて、少しでも熱を冷まそうとした。

「……番って何？」

自問しても答えが導き出せなかったアデラインから問われ、クラウスの動きが止まる。

「番とは魂に刻まれた相手のことだ」

頬に当てていたアデラインの手をクラウスの手が包み込むように握り、彼の膝の上へと移動させられる。

「俺の一族は、狂った先祖によって呪われていてな」

「呪い？」

突然物騒な話に変わり、驚いたアデラインは顔を上げた。

「一族の始祖は竜だった。竜の血が薄まっていても、時折強い魔力を持った先祖返りが生まれる。俺も先祖返りだ」

「竜……この国では、神に近い存在って言われているのに呪いだなんて」

神に近い存在として崇められている竜と人の間に子が成されるとは、レストレンジ王国では畏れ多過ぎて御伽噺でも取り扱っていない。

金狼のマスターが竜の血を継いでいることは信じがたい話だが、魔力が暴走しかけたクラウスの姿は漆黒の鱗に覆われ背中に翼を持った、異国の物語に描かれていた竜そのものだった。

（いきなり番とか言われても困るけど、魔力が暴走した時のクラウスさんの姿は、言われてみれば竜に似た形に変化していたわ。人とは思えないくらい強い魔力と身体能力の高さから、竜の先祖返りだって言われたら納得出来る。もしかしたら、シークレットイベントでそのクラウスさん

の話があったのかもしれない。ラスボスの悲しい過去？　見たかったなぁ）

考え込むアデラインの手を一旦放したクラウスは指と指を絡めて握り直す。

「百五十年ほど前の先祖によって、一族の血に呪いをかけられた。呪いによって感情が昂ると、忌まわしい血によって破壊衝動が抑えられなくなる。魔力が弱ければ、成人を迎える前に心身共に魔物と化す。魔力が強くてもいずれは魔物と化す。魔物と化した者は全て、親兄弟であろうと俺が始末した」

「そんな……」

〝私〟の記憶にないラスボスの過去を知って瞳を揺らしたアデラインとは違い、視線を合わせているクラウスの瞳は少しも揺れることなく、静かなままだった。

「もしかして、クラウスさんが探している物……古の帝国が神の力と崇めていたモノの〝欠片〟は呪いを解く物なの？」

「そうだ。解呪に必要な〝欠片〟を手に入れるため、呪いによって定期的に襲ってくる破壊衝動を発散させるために、俺は金狼のマスターとなった」

なろうと思っても、曲者ぞろいの闇ギルド金狼のギルドマスターは、そう簡単になれるものではない。破滅回避のためとはいえ、やはりとんでもない人物と契約したのだと再認識して、アデラインは口元を引き攣らせる。

「クラウスさんがこの国に来たのは、〝欠片〟が王宮にあるから？」

「この国に来たのは依頼があったからだが、依頼主を調べているうちに〝欠片〟の一つがあることが分かった。それを手に入れるために動いていた時に、アデラインがアジトへやって来た」

「契約はお互いにとって都合が良かったのね」

（ゲームでは、依頼されたからヒロインと王太子の命を狙っていたと思っていたけど、実は呪いを解くために王族の血が必要だから狙っていたのね。わたくしはタイミングが良かったから殺されずに金狼と契約出来たんだわ）

「たしかに、王族の傍系のアデラインとの契約は俺にとって都合が良かった。俺を蝕む呪いに抗うのは、莫大な魔力と精神力が必要になる。解呪以外で呪いの苦痛から逃れられるのは、番える相手に触れている時だけだと、生き残った者から教えられた。先祖は狂っていても、竜の本能で自分の血を絶やすことはしなかったのだろう」

「また番、ですか」

「俺の番はお前だ。アデラインがアジトを訪れ契約出来たのは、運命だとしか思えない」

「ええっ！」

　頬を赤らめたクラウスに熱を帯びた瞳で見詰められ、破壊力の強さにアデラインは悲鳴に似た声を上げた。

「貴方誰ですか?」と問いたくなるほど、甘い雰囲気を放ち出したクラウスの顔が近付き、咄嗟にアデラインは彼に握られていない方の手を広げて自分の顔を防御した。

「ま、待って。番だって言われても、竜とか呪いとか、急展開過ぎて何が何だか分からないわ。少し考える時間をください！」

「アジトで存在を知った時から、アデラインのことが気になっていた。気になっていたのも、傷付けられて怒りを抑えられなかったのも、アデラインが俺の番だからだと今なら分かる」

「それは、緊急事態に素敵に思えてしまったとかで、勘違いではないの？」

「勘違いではない。はっきりと分かる。アデラインは俺の番だ」

言いきったクラウスは、接近するのを防いでいたアデラインの手のひらに口付けた。

ちゅっと、リップ音を立てて離れていく唇の感触に、アデラインの脳内が沸騰する。

（ぎゃああああー！　ヤンデレ執事に襲われて、助けに来てくれたクラウスさんは魔力を暴走させた上に呪われていて、わたくしのことを番とか言い出すし、頭の中の許容量はもう限界よ）

上半身と太股を密着させて座っているのは恥ずかしくて、身を縮めてほんの僅かに出来た隙間も腰に回されている腕に抱き寄せられて、すぐになくなってしまう。

繋いでいる手を放してほしくても、がっちり握られていて離れてもらえそうにない。

「今すぐ俺を受け入れろという強要はしない。俺から離れられないように、これから全力でアデラインを惚れさせるだけだ」

「惚れ、惚れさせるって」

至極愉しそうに口角を上げるクラウスにだけ、スポットライトが当たっているかのように彼の周囲が煌めき、眩しくて目蓋を閉じた。

（ああああー！　ラスボスでも呪われていても顔が良いのよ！　クラウスさんが、好き好きって微笑むと、無理だわ！　色気があり過ぎて、このままじゃわたくし、失神する！）

「はっ！　失神している場合じゃなかった！　明日の対策をしなければならなかったわ！」

遠退きかけた意識をぎりぎりで踏みとどまらせたのは、視界の隅に入った壁かけの時計。

「明日？　王太子主催のお茶会、とやらか？」

「そのお茶会でわたくしは殿下から婚約破棄宣言されるらしいの」

「ほう……婚約破棄ね。好都合だが、王太子から宣言するのは生意気だな」

甘く蕩ける笑みとは全く違う、ニヤリという効果音が聞こえてきそうな不穏な笑みを浮かべたクラウスを見て、茹だっていたアデラインの心が少しだけ鎮まる。

「明日のお茶会で、わたくしを陥れようとする王太子に反撃するつもりです。レザードとエリックのおかげで証拠はいっぱいありますし、王太子が言い出す前にこちらから婚約破棄を叩きつけてやります。だから、屋敷へ帰してください」

「嫌だ」

横を向いたクラウスの声には何故か拗ねた響きがあった。

「俺のアデラインを陥れようとする王太子の茶番に付き合わなくても、俺が全てを潰してやる」

「それだとわたくし達が反逆者にされるわ。正当な理由で叩き潰すのが一番いいの。呪いを解くためにわたくしが必要でしたなら、助けてもらったお礼もありますし出来る限り協力します。番のことはよく分からないけれど、契約を結び直すのでしたら契約書を直しましょう」

「新しく契約を結び直す、か……分かった」

指を絡ませて握っていたクラウスの手が外れて、ようやく解放されたとアデラインがホッとしたのは数秒だけだった。

「アデライン」

名前を呼ばれたことに気が向いている隙に、腰へ回されていた手が上へと動きアデラインの後頭部を押さえた。

「クラウス、さん？」

近くなる距離に驚くよりも早く視界が暗くなり、次いで唇に触れる温かくやわらかい感触。

（えっ？）

呆然となるアデラインの下唇を軽く食んでから、触れ合っていたクラウスの唇と後頭部を押さえていた手は離れていく。

触れ合ったのはたった数秒でも、アデラインの体を電流が走り抜けていき動けなくなった。

「……な、な、今、何をしたの」

「ふっ、これで契約成立だ」

顔を真っ赤に染めてぱくぱく口を開閉させるアデラインに、満足気に目を細めたクラウスは彼女の唇に人差し指を当てた。

荒れた室内を片付けていたラザリーは、空間を揺らす魔力の流れを感じ取り手にしていた箒を投げ出した。

部屋の床に転移魔法陣が描かれていき、魔法陣の中央から案じていたアデラインの姿を見付けたラザリーは胸を撫で下ろす。

「お嬢様、お帰りなさい」

「ラザリー？　あれ？　クラウスさんは？」

転移魔法陣から発せられる光に包まれる前まで、隣にくっついていたはずのクラウスの姿は見当たらず、アデラインは首を傾げる。

「マスターは、あっ！」

転移魔法陣の光が消えた床から視線を移したラザリーは、アデラインのある部位を凝視して目付きを険しくしていった。

「どうかしたの？」

無言のままアデラインの首に手を近付け、ラザリーは眉間に皺を寄せて眉を吊り上げた。

「お嬢様の首に、マスターが付けた痕が……これは、消せないようにしてありますね」

「く、首にっ⁉」

渋面になったラザリーが指摘したのは、隠れ家で何度もクラウスに吸い付かれた首筋。

唇と舌先の生々しい感触が蘇ってきて、赤面するアデラインの全身から汗が噴き出した。

「違うの！　クラウスさんに抱き付いただけで、その後は私から何もしていないわ！」

（私からしていないって、クラウスさんに何かされたって言っているようなものじゃない⁉）

羞恥で涙目になったアデラインは、ラザリーにどう説明すればいいのか頭を抱えるのだった。

「これで、見えないわね」

首に付けられたキスマークは、クラウスの魔力を帯びていて回復魔法をかけても消えてくれず、仕方なくスカーフを巻いて隠した。

渋面になるラザリーに消す方法を聞いたが、「魔力によって付けられたマーキングみたいなもの」でクラウス本人か、彼よりも強い魔力の持ち主しか消せないという。冷酷非情なラスボス様から、一気に激重な存在へと変貌したクラウスのことを考えると頭痛がしてくる。

（クラウスさんがレザードと王太子を潰しに行っていないと信じたいわ……）

姿を消したクラウスがどこで何をしているのか、彼の付けたキスマークを消す方法をどうするかは、後ほど考えることにした。

廊下を歩きながらアデラインは、レザード侵入時の報告をラザリーから受けていた。

屋敷全体に張り巡らされていた結界の消失、アデラインの部屋が破壊された以外の被害はなく、幸いにも使用人達に怪我人はいなかった。消失した結界は金狼所属の魔術師達が迅速に動き、以前よりも強固なものに張り直されたという。

「お嬢様が転移した後、元執事は警備が厳重な地下収容施設へ送られました」

「……そう」

地下収容施設は凶悪犯罪者が収容される場所だ。アデラインの声が少しだけ沈む。

「ディオンとガルバムが取り押さえた元執事は、金狼に所属している錬金術師が作った魔力を封じ、体を拘束出来る特別な枷をはめられていました。もう二度と逃走は出来ないでしょう。元執事が殺めた者は、血の気の多い金狼の中でも気のいい方でしたから、彼は牢獄にいた方が安全に過ごせるかもしれません」

「亡くなられた方々を丁重に弔って差し上げなければならないわね」

目的の部屋の前に立っていた父親直属の護衛は、アデラインに頭を下げて横に動いた。

「エリック、入るわよ」

扉越しにかけた言葉に返事はなく、アデラインはゆっくりと扉を開いた。

ランプが灯されているとはいえ薄暗く、室内は重たい空気が充満していた。

無言のまま室内を進み、目的の人物を見付けたアデラインは足を止める。

「……義姉様」

ソファーに腰かけて俯いていたエリックは、アデラインが近付いて来ると顔を上げた。

「僕を笑いに来たのですか？」

疲れきった表情と暗い瞳をしたエリックの問いに、アデラインは首を横に振る。

「いいえ。エリックのことが心配になって様子を見に来ただけよ」

「心配？」

「ええ。レザードが収容所から脱走して屋敷に侵入したの。この部屋にはお父様の結界が張られているから、外の音に気が付かなかったのね」

「ええ？」

大きく目を開いて声を上げたエリックは、勢い良くソファーから立ち上がった。

「ラザリー大丈夫よ。エリックも座りなさい」

動こうとしたラザリーを制止し、アデラインはエリックにソファーに座るよう手で指示する。

「レザードが何故……まさか義姉様に危害を加えようとしたのですか⁉」

「すでに護衛によって捕らえられたわ。わたくしのことを心配してくれるの？」

今のエリックからはアデラインへの敵意は感じられず、目元を腫らした彼は仲が良かった頃の〝可愛い義弟〟に戻っている気がした。

素直にソファーに座ったエリックの様子から、レザードの屋敷への侵入を手引きしたわけではないと分かり、アデラインは安堵の息を吐いた。

「レザードは義姉様に対して良からぬ感情を抱いていました。義姉様を見る目付きが気持ち悪くて、ずっと警戒していたのに……」

声を震わせるエリックの唇は震え、今にも泣き出しそうな表情でアデラインを見上げる。

「僕はどうしてそのことを忘れていたのか。どうしてレザードの提案を受け入れたのか。どうして義姉様を邪魔だと、敵意を抱いていたのか……どれだけ考えても分からないのです」

「貴方はレザードからどんなことを提案されたの？」

「僕が学園に入学して、殿下が義姉様に冷たくしていると憤慨していたら、レザードが近寄って来て……このまま殿下と結婚したら義姉様が不幸になる。だから殿下から婚約破棄させるように仕向けようと言われたんです。殿下がリナに興味を持ち出した頃、僕は二人が仲良くなれるように取り持ちました。良くないことだと分かっていたのに、僕は義姉様を傷付けることを……」

両手で頭を抱えたエリックの全身が震え出す。

「ごめんなさい、ごめんなさい！　義姉様！」

謝罪の言葉を口に出したエリックの両目から涙が溢れ出る。

身を屈めたアデラインは涙を流すエリックに手を伸ばし、震える彼の体をそっと抱き締めた。

「ずっと、悩んでいたのね。もっと早くエリックの異変に気付いてあげられたら良かった。わたくしこそ、ごめんね」

「義姉様……」

両親を亡くしベルサリオ公爵家に引き取られ、毎晩部屋で泣いていたエリックを慰めた時を思い出し、アデラインは震える背中を優しく撫でる。

（今のエリックは、わたくしに敵意を向けていたエリックではないわ。エリックがおかしくなったのはゲームの強制力が働いたから？　それともレザードが使用した魔石と薬物の影響なの？

あら、これは？）

アデラインに縋って泣くエリックの背中と首に、十数本の銀糸が見えた気がして手を伸ばす。

「お嬢様」

アデラインが触れる前に手を伸ばしたラザリーが銀糸に触れると、銀糸は空気に溶けるように消えていった。

「エリック様に絡み付いていた糸は、すでに切れています。もう大丈夫ですよ」

エリックを抱き締めているため、糸とは何か問うことが出来ずにアデラインは目を瞬かせた。

落ち着きを取り戻したエリックを護衛に託して、アデラインは部屋を後にした。

廊下を歩き、自室まで後少しというところでアデラインは足を止める。

「さっきの糸って、どういうこと？　エリックが変になっていたことに関係している？」

エリックの背中に絡み付いていた銀糸は、アデラインが欠席したお茶会から戻って来たレザードの肩にも付いていた気がする。絡み付いていた銀糸が、エリックとレザードに何らかの影響を与えていたとしたら、ゲームの強制力が可視化したのだろうか。

（あの糸がゲームの影響力だったら、どうしてラザリーが触れたら消えたの？）

「あれは……」

言葉を濁して口を閉じたラザリーは視線を逸らす。

「マスターから許可されていないため答えられませんが……金狼がお嬢様と、エリック様を守ります。ですから、今夜はゆっくりとお休みください」

「クラウスさんか。じゃあ仕方ないわね。分かったわ」

組織に関係することはマスターの許可がなければ話せないと、以前、ディオンが話していた。

糸のことは気になるとはいえ、危険を及ぼすものでなければラザリーを困らせてまで知る必要はないと判断して、アデラインは自室へ向かった。

扉の前でラザリーを下がらせて、自室へ戻ったアデラインはベッドに腰かける。

左手人差し指の指輪を撫でて、魔石の中から取り出した紙を両手で持ち、アデラインは書かれている文字を睨んだ。

思い起こすのは、隠れ家でのクラウスとのやり取り。

『これは？』

『追加の報告書だ』

転移魔法で屋敷に戻る前、「思い出した」と言いながらクラウスがアジトから取り寄せたのは、赤字で『機密』と書かれた報告書。手渡された報告書を読むにつれて、アデラインの手に力が入り眉間に皺が寄っていく。

『俺の独断でお前の父親、ベルサリオ公爵に接触して同じ物を渡しておいた。これが国王に伝われば面白いだろう？』

凶悪な表情になったクラウスは、クツクツと喉を鳴らして嗤う。

『お父様はすぐに動くと言っていましたか？』

『どうするかまでは言っていなかったな。これを知って、アデラインはどうしたい？』

目を細めたクラウスの言動から、望めば彼は全力で報告書に書かれた者達を潰しに動くのだと、アデラインは感じとった。

『クラウスさん、お願いがあります。もしも……』

アデラインからのお願いを聞き、クラウスは報告書を持つ彼女の手を包み込むように握り、自分の方へ引き寄せる。

『いいだろう。ただし、お願いの報酬はいただく』

『待って。報酬は、明日を乗り越えてから払います！』

首を動かして近付いて来る端整な顔と、甘い吐息を感じてアデラインは自由になる手で唇を覆って防御した。

目蓋を閉じたアデラインは、報告書を指輪の魔石へ戻す。

首に巻いていたスカーフを外して、クラウスに何度も吸い付かれた首筋を撫でた。

（新しい契約を結ぶのにキ、キスするとか、お願いの報酬って嫌な予感しかしないけど……これは金狼に、クラウスさんに任せるしかないわ）

明日のことを考えたいのに、目蓋を閉じると甘い雰囲気を放つクラウスの笑みが浮かんできて、頬に熱が集中する。両頬に両手のひらを当てて、アデラインは仰向けでベッドに転がった。

第６章．ハッピーエンドに必要な断罪劇

王太子主催のお茶会当日。

窓から射し込む陽光を受けて輝く銀髪を編み込みにしてサイドに下ろし、勝負服となるドレスを着たアデラインは姿見の前に立っていた。

（今日のドレスをこの色にしたのは、ゲームで着ていたドレスとは逆にしたかっただけ。深い意味はないわ）

昨夜、就寝直前になってアデラインが選び直したドレスは、ゲームの断罪イベントで着ていた水色のドレスとは真逆の深紅色のドレスだった。

（深紅色にしたのは勝負するためで……彼の目の色が綺麗だったからじゃないわ！）

熱を帯びたクラウスの眼差しが、脳裏から離れないからではないと、自分を納得させる。

「お嬢様、お綺麗です」

「ありがとう」

うっとりと頬を赤く染めるラザリーに褒められて、アデラインは照れ笑いをする。

反撃の準備万端だとはいえ、拭えない不安で昨夜はなかなか寝付けなかった。

出来てしまった目の下の隈はコンシーラーで隠し、目元に塗った青紫色のアイシャドウで憂いを帯びた表情が映えるようにして、唇には鮮やか過ぎず色味を抑えた口紅を塗ったアデラインは、

普段よりも大人っぽい印象を見る者に与えていた。

「そろそろ王宮へ行きましょうか」

髪型の確認を済ませてラザリーの方を振り返った時、ガチャリと音を立てて部屋の扉が開く。

開いた扉から室内へ入って来た人物の姿に、アデラインは息を呑んだ。

「今日は俺が護衛につく」

彼が発した声はそこまで大きな声ではなかったのに、しっかりアデラインの耳まで届いた。

「貴方は……」

黒色のスーツを着た黒髪赤目の男性は初対面なのに、彼と似ている人物を知っていた。

外見と声はよく似ていても、纏う雰囲気が違うため彼だという確信が持てない。間違っていたらどうしようか迷った末、アデラインは口を開いた。

「クラウスさん？　どうして黒髪になっているの？」

黒髪の男性、クラウスはアデラインが気付いたことに満足して、嬉しそうに目を細めた。

「王宮へ行くのに、この色の方が目立たないだろう」

「色を変えても目立つと思います」

目立たないようにしたかったら、色を変えるだけでなく気配を薄くする認識阻害魔法を使用するか、顔が見えないようにする。

（黒髪だと印象が変わって、これはこれで堪らないわ！　中身は恐くても、顔が良いって本当に罪だわ！　というか、王宮へ行くって言ったわよね？）

「護衛って、クラウスさんも一緒に行くのですか？」

「ああ。昨日のこともある。アデラインの護衛は、俺が適任だろう」

側にいたラザリーが下がり、近付いて来るクラウスとの距離が縮まるにつれて高まる胸の鼓動を覚られないよう、アデラインは胸元に手を当てた。

貴族の邸宅が建ち並ぶ区画から大通りへと、一台の馬車が走り抜ける。

装飾もなく地味な馬車は、物理と魔法による襲撃を受けても破損しないよう強化されていた。

馬車の座席に座ったアデラインは、あえて裏道ではなく人々で賑わう大通りを通らせて、窓から王都の街並みを眺めていた。

「アデライン、緊張しているのか？」

向かいの席に座るクラウスから問われ、アデラインは視線を窓から動かさず首を横に振った。

「いいえ。クラウスさんが一緒なのに何を緊張することがあるの？」

「フッ、それもそうだな」

答えに満足したクラウスは、口角を上げた不敵な笑みを浮かべる。

嗤った時に上下した喉ぼとけが妙に艶めかしくて、アデラインの心臓がドキリと跳ねた。

（何もしていなくても絵になるというか、彼の存在全てに色気があるというか仕草からして、とにかくこの人は卑猥なのよ）

この数日で耐性がついたとはいえ、狭い馬車の中で二人っきりでいると彼のことを意識してしまう。この男は誰よりも危険だと、分かっていても彼の醸し出す色気に負けそうになる。

「どうした？」

「何でもないわ」

まさか、見惚れていたなんて言えずに、慌ててアデラインは横を向いた。

大通りを行き交う人々や荷車を避けるため速度を落として走行させ、目的地である王子宮へは予定時刻から十分以上遅れて到着した。

遅刻したというのに全く悪びれないアデラインに苛立ち、ヒュバードは額に青筋を浮かべた。

不安気な表情のリナを庇うように立ち、ヒュバードはアデラインを睨み付ける。

時間を逆行する前の時とは違い、カルロスとブライアンはお茶会に参加していない。

「アデライン・ベルサリオ！　この場をもって、俺は君との婚約を破棄させてもらう！」

庭園中にヒュバードの大声が響き渡り、アデラインも僅かに眉を顰めた。

「婚約破棄、ですか」

「不服があると言うのなら、理由を教えてやろうか？」

勝ち誇った表情のヒュバードへ向けて溜息を吐きたくなるが、表情筋に力を入れてどうにか唇を動かしたアデラインは笑みを作った。

「いえ、不服などありません。殿下がお決めになったのならば、わたくしは受け入れましょう。ですが、理由だけは教えていただけますか？」

「いいだろう。リナ」

立ち上がったリナは、フリルと真珠で装飾されたピンク色のドレスの裾を揺らして、ヒュバードの横へやって来る。

「はいっ」

「異世界人のリナは、我が国に平和をもたらしてくれる聖女の候補だ。そのリナが気に入らないと、他の者達を操って嫌がらせを繰り返したと聞いている。持ち物を隠し、泥水をかけて服を汚し、集団で取り囲み罵倒したらしいな。何て酷い女だ！　俺はリナと出逢い、真実の愛とは何か知ったのだ。高慢で立場を利用し好き勝手をしている君とは違う、純粋無垢で聖女になりうる才能を持つリナこそ俺の婚約者に相応しい！」

「ヒュバード様」

頬を赤く染めたリナは、うっとりとした表情で腰を抱くヒュバードを見上げた。

（ヒロインの立場なら嬉しくても、どうでもいい男に自分の正義感に酔った台詞を長々言われると、本当に面倒な男だとしか感じないわ）

ヒュバードとリナのやり取りをアデラインは冷めた目で見ていた。

（取り巻きを使った嫌がらせに持ち物を隠して泥水をかけたですって？　やることが小さいわ。やられた本人はつらいかもしれないけど、わたくしがやるなら徹底的に叩き潰してやるわ）

以前のアデラインは、ヒュバードを支えなければならないという義務感から我慢していたが、今のアデラインにはそんな気持ちは皆無だった。

学業を疎かにする上に堂々と浮気をされ、矜持を傷付けられたと父親に伝えて、ベルサリオ公爵家の力を使って全力でヒュバードとリナを潰していただろう。

「わたくし達の婚約は殿下が王太子に選ばれるため、政略上必要だと陛下が判断して決められたものです。わたくしには殿下への恋慕などありません。リナさんには婚約者の義務として『言動に気を付けていただきたい』と思い注意しただけです。ですが、殿下は国益とご自身の評価を下げてでも、真実の愛を選ばれるのですね。真実の愛で結ばれたお二人ならば、どんな苦難も乗り越えられますね。愛する方と結ばれて、本当におめでとうございます」

　棘だらけの祝福の言葉を伝え、アデラインは唇を動かして笑みを作った。

「……なんだと？」

「殿下が婚約破棄を望まれるのでしたら従いましょう。というか、破棄してくださってありがとうございます。わたくしも、視野が狭く自己中心的で実力以上に自尊心だけは高い殿下と婚約解消出来るのは心の底から嬉しいです。陛下には、お父様経由で殿下の学園でのご様子を伝えてあります。これから、成績不振と浪費の言い訳を頑張って考えてくださいね」

　婚約者でもない相手に気を遣う気などないと、辛辣な本音を言い放ったアデラインに対して、ヒュバードは勝ち誇った表情から口を開けて唖然とした表情となる。

「視野が狭く、自己中心的で……婚約破棄が嬉しいだと？　父上に伝えた？」

「きゃっ」

　耳元で叫ばれたリナは、顔を怒りで赤く染めたヒュバードの変貌に驚き肩を揺らす。

（本当に単純ね。もっと言ってやりたいところだけど、これ以上殿下を挑発して逆上されたら、クラウスさんが彼を潰しにかかるわね）

背後に立つクラウスから、不穏な雰囲気が漏れ出ているのを感じて額に手を当てた。

「アデライン」

背後から聞こえた低音の声に苛立ちが混じっているのを感じ取り、アデラインの背中を冷たいものが走り抜けて行き、肌が粟立っていく。

「そろそろ、おしまいにしろ。阿呆共と話すのは時間の無駄だ」

クラウスの指が、扇を持つアデラインの手を掠めていく。それだけで、緊張で強張っていた体がほぐれていく気がした。

「そうね。真実の愛を貫いていただくためにも、こんな茶番は早く終わらせましょう」

作り笑顔でない笑みを浮かべ、アデラインはゆっくりと周囲を見渡した。

「サミュエル様は、全面的に殿下を支持していらっしゃるのですか？」

「……それはどういう意味でしょうか？」

自分に話が振られると思っていなかったのか、サミュエルは少し間を開けて答える。

「国境沿いの防衛を担っているモルガン辺境伯。そのご子息が、殿下の行動を容認されているのは我が国にとって由々しき事態だと思っただけです。ブライアン様がお茶会に参加していないのは、我が国の未来を考えて賢明な判断をされたのでしょう」

「なんだと！　どういう意味だ！　うっ」

声を荒らげたヒュバードは、アデラインの隣に立つクラウスと視線が合った瞬間、顔色を悪くして黙り込んだ。

「サミュエル様は、王太子の立場を忘れ享楽に耽っていた殿下を、助長させていたのですか？」

「それは……」

アデラインの問いにサミュエルは口ごもり、苦渋に満ちた表情を浮かべた。

「サミュエル」

ヒュバードに腰を抱かれているリナは、不安げに眉尻を下げてサミュエルを見る。

華やかな庭園に漂う不穏な雰囲気と、アデラインとサミュエルの間に流れる緊張感で空気が張り詰めていく。異変を感じとったメイドと衛兵達は動きを止めた。

「黙れ！」

不穏な雰囲気を崩したのはヒュバードの怒号だった。

怒号を聞いたメイド達は離れて行き、衛兵達は距離を保ちながら警戒態勢に入るが、怒りで顔を赤くしたヒュバードは気付かない。

「王太子たる俺を愚弄し無視するなど、婚約を破棄するだけでは足りない！　アデライン・ベルサリオ！　貴様は学園から、いや王都から追放だ！　衛兵！　アデラインを捕らえろ！」

ビシッ！　という効果音が聞こえてきそうな勢いで、ヒュバードはアデラインを指差した。

だが、周囲にいる衛兵達は警戒態勢のまま、誰一人ヒュバードの命令に従おうとしない。

「どうした！　何故、アデラインを捕らえない！」

苛立つヒュバードの手が腰から外れると、怯えた表情をしたリナは後ろへ下がった。

「殿下に衛兵を動かす権限はありません。学園と王都から追放？　ここまでわたくしを軽んじていたのは驚きですわ。兵達は、陛下のご命令で殿下達を監視していたのですよ」

「なんだと⁉　でたらめを言うな！」

肩を震わせて怒るヒュバードの姿が面白くて、我慢出来ずにアデラインはプッと噴き出した。

「わたくしを捕らえるおつもりでしたら、わたくしが行ったというくだらない嫌がらせの確固たる証拠を用意して、陛下を味方につけてください」

「証拠だと？　証拠などリナの汚された私物と、リナの証言だけで十分だ！」

「なるほど。ではリナさん、私物を汚したのがわたくしだと証言した方はいるのですか？」

「えっ、それは」

冷めた目を向けるアデラインと、振り向いたヒュバードから凝視されて、困惑したリナは視線を彷徨わせた。

「リナを脅す気か！」

体を揺らすヒュバードの周りに陽光を反射して煌めく糸が見えて、アデラインは目を見開いた。

煌めく糸は、アデラインが目を瞬かせた間に消える。

「嫌がらせなどした記憶もないのに、わたくしが犯人だと一方的に決めつけられたのですから、確認するのは当然でしょう。まさか殿下はリナさんの証言だけで、わたくしを追い詰められると思い込んでいるのですか？」

「いつも俺を見下して、偉そうなことばかり言う。お前より、俺の言うことが正しいんだよ！」

隣に立つクラウスの雰囲気が変わるのを感じ、アデラインはドレスで隠してヒュバードから見えないようにして、その指先にそっと触れて軽く握る。

「まだ抑えてください」

小声でそう言えば、クラウスが放つ殺気は霧散していき、アデラインは胸を撫で下ろした。

「本当にくだらない、小さい男ね」

口元に手を当て、目を細めたアデラインは口角を上げてヒュバードを挑発する。

「くだらない、だと？」

声を震わせるヒュバードの口元は怒りで引き攣り、こめかみには青筋が浮かんだ。

「殿下との婚約は政略上必要な婚約で、仕方のないことだと思っていました。婚約を解消したいとお考えになったのでしたら一言、相談してくだされば良かったのに。今朝、父から説得された陛下が婚約解消を許可してくださった、という連絡をいただきました」

通信具を使い夜通し国王と話し合っていた父親から、支度中のアデラインへ届いた手紙。

手紙には、『婚約の解消、王太子の処遇は私に一任することを陛下に了承してもらった。やり過ぎなければアデラインのやりたいようにやっていい』と書かれていた。

息子に甘い国王も、今回ばかりは「庇いきれない」と判断したらしい。否、父親と陰で暗躍していた金狼によって、そうするしか選択肢が残されていなかったのだ。

（わたくしを断罪しようと張りきっていたようだけど、ゲームとは違い殿下の取り巻きはいない。

今までのお礼をさせてもらうわ）

微笑んだアデラインは胸の前で両手を合わせる。

「おめでとうございます。これで堂々とリナさんと仲良く出来ますね」

「学園でのことは、ベルサリオ公爵と父上に伝える必要はないだろう」

婚約解消という結果に、笑顔になるアデラインとは違いヒュバードの表情は強張っていく。

（殿下はお父様のことを恐れていたわね。甘い陛下に比べてお父様は厳しいから？　婚約破棄宣言なんてしたら、お父様に知られてしまうのに。本当に小さい男ね）

ヒュバードの顔色が悪い原因を推測していたアデラインは、リナの表情も冴えなくなっていることに気付き、内心首を傾げた。

「そうでしたわ。殿下が通われていたカフェ。経営者は隣国バルタン出身だとご存じでしょうか。カフェの裏メニューには、美味しいお酒があるそうですね。とても美味しく気持ち良く酔えるので、うっかり機密情報を漏らしてしまうほどだと、常連の方に教えていただきました」

「なん、なんだと……」

飲酒の事実まで調査されているとは思っていなかったのか。

それとも、行きつけの店の店主が停戦協定を結んでいるとはいえ、良好とはいえない隣国出身だと知ったからか、ヒュバードの顔色がどんどん青くなっていった。

飲酒後、饒舌になったヒュバードが〝うっかり〟機密情報を漏らした事実は金狼が調査済みで、父親と国王へ昨夜のうちに報告済みだった。

「すでにカフェの経営者と従業員は、ベルサリオ公爵家の騎士達とわたくしの協力者が身柄を確保して、取り調べをしています」

「な、何故だ？　何故、ベルサリオ公爵が出て来る？」

「あら、お分かりになりませんか？　陛下が動いたら大事になるからですよ。殿下が我が国の機密情報を漏らしていたら、国際問題に発展するかもしれませんから」

　はぁー、アデラインは計算ではない本心からの溜息を吐いた。

　学生のヒュバードが知り得る情報は少ないとはいえ、あまりにも王太子としての意識が低い。

　さらに、国王が直属の部下を動かしたら、どこからか貴族内に情報が漏れて大事になるということも、自分の行動が国際問題に発展するかもしれないことも、推測出来ないとは愚かだ。

「我が子の素行調査のためにベルサリオ公爵が独自に動いた。ということでしたら、国家間の問題までには発展せず王家の損失は少なくて済みます。バルタンとの輸出入額が赤字になるとか、殿下の評価が下がり王太子の資格を剥奪される、くらいでしょうか？」

「貴様！」

　青褪めていた顔色が赤くなり、ヒュバードはアデラインに飛び掛かろうと足を踏み出した。

「うるさい」

　静観していたクラウスが冷たく言い放つと、拳を握ったヒュバードの足元に出現した漆黒の蔦が彼の腕と両足に絡み付き、四肢を拘束する。

「きゃあぁ」

蔦に驚いて悲鳴を上げたリナは、サミュエルの側まで走って行った。

「うわぁ!?　な、何だ、これは!?」

「黙れ」

クラウスの一言で、四肢に絡み付く蔦から逃れようと藻掻いていたヒュバードは口を噤んだ。

「アデライン、カフェの従業員と経営者を尋問した結果が届いた」

指を鳴らしたクラウスの目前に紫紺色の渦が出現する。

渦の中央に手を入れ、クラウスは調書の束を取り出した。調書にざっと目を通したクラウスの口角が上がる。

「従業員と経営者はバルタンの諜報員だった。阿呆王子から機密情報を引き出すため、王立学園の生徒達を狙った。バルタンの山奥で栽培されている、気分を高揚させる成分を含んだ花を使用した酒を飲ませて、阿呆王子から貿易と国防に関する情報を引き出していたらしい。酒には常習性があり、常連だった生徒は酒から得られる快楽を求めて通っていたのだろう」

「分かっていたけど、どうしようもないわね」

婚約者だったヒュバードへの僅かな情は、なくなるどころかマイナスになった。

「常習性だと!?　俺はまだ三回しか行っていない！」

「三回も行っているだろう」

呆れた様子のクラウスの呟きを聞き、アデラインは噴き出しそうになったのを堪える。

「サミュエル！　黙っていないで助けろ！　俺が授業を抜け出すのを手伝っていただろう！　お

前も同罪だ！」

蔦に拘束された体の中で動かせる首を動かし、必死の形相でヒュバードはサミュエルへ向けて指先を伸ばした。

「同罪、ですか？　私はリナを守るため、リナ以外へ目を向けてもらうために、学園を抜け出すお手伝いをしただけですよ」

心底不快そうに言ったサミュエルは、リナを背中に隠すように彼女の前へ出る。

「どういうことだ？　お前は俺の側近になりたくて、側にいたのではないのか？」

「側近？　違いますよ。モルガン家は、我が国の防衛に尽力していることに誇りを抱いております。国の平和を王族たる王太子が脅かすのでしたら、父上が動く前に私は殿下を止めなければなりません。そのためにお側にいただけです」

国境を防衛しているモルガン辺境伯が、「王太子は無能」だと判断し王都へやって来たら、国王はヒュバードを切り捨てるはずだ。

（昨日、思い出したゲームのバッドエンドでは、サミュエルは従っていると見せかけて、実は王太子の監視役として暗躍していた。その結果、殿下の存在は不要だと判断したモルガン辺境伯が反乱を起こす。殿下はモルガン辺境伯の恐ろしさを理解していない。本当に阿呆だわ）

昨夜、モルガン辺境伯が反乱を起こすバッドエンドを思い出したアデラインは、そのことを父親に伝え、モルガン辺境伯を抑えることをクラウスに依頼した。

「安心してください。アデライン嬢が動いていると知り、父上にはまだ殿下の失態は伝えていません。ですが、今後の動き次第では伝えなければなりませんね」

「ご配慮をありがとうございます」

自分の不安を察知しているサミュエルに、アデラインは口元だけの微笑みを作り会釈する。

「くそっ！　これを解け！　俺はこの国の王太子なんだぞ！」

またしても、空気を読まないヒュバードに対して、アデラインの中で我慢の糸が切れた。

「無礼者？　王太子？　この阿呆王子！　わたくしの話を何も理解していなかったのですね！」

「黙れぇ！　が⁉」

大きく開いた口の中へ、勢い良く伸びた漆黒の蔦が入っていきヒュバードは白目を剥いて意識を失った。脱力した体から絡み付いていた蔦が外れ、ヒュバードは地面にうつ伏せで倒れる。

倒れたヒュバードの背中に絡み付いていた銀糸は、風に飛ばされるように消えた。

「ちょっと」

「駄目だったか？」

涼しい顔のクラウスが魔法を解除すると、蠢いていた蔦は空気に溶けるように消えていった。

「錯乱する殿下が怪我をしないよう、眠ってもらっただけですから。殿下を潰そうとしていないのなら、いいわ」

地面に倒れたヒュバードは、白目を剥いて口から泡を噴いていても胸が上下しており意識を失っただけで、命までは奪われていない。

クラウスが約束を守ってくれたことに安堵したアデラインは、疲労感から目蓋を閉じた。

地面に倒れたヒュバードは、駆け付けた魔術師が状態の確認と応急処置をしてから、担架に乗せられ王宮へ搬送されて行った。

（この一週間、長かったわりにはあっけない終わりだわ。わたくしがやれることは全てやった。後のことはお父様と陛下にお任せになるわね）

破滅回避をやりきった達成感と疲労感から震える両足に力を入れて、アデラインはガーデンチェアのあるテーブルまで歩く。

テーブルに置かれた保温加工のしてあるポットを手に取り、ティーカップに紅茶を注いだ。

紅茶の香りが気分を少しだけ落ち着かせてくれる。ティーカップを持ったアデラインは紅茶を一口飲んで目を細めた。

皿に並んだクッキーを摘んで齧れば、丁度いい甘みが口の中に広がっていき緊張で強張っていた体の力が抜けていく。

「ここにあるクッキーを持って帰れるように包んでくれる？」

「はい。かしこまりました」

頭を下げたメイドは、焼き菓子を並べた皿を持って下がって行った。

「全部持って帰る気か？」

優雅に紅茶を飲むアデラインにクラウスは呆れ顔で問う。

「ええ。食べないで処分するのは勿体ないでしょう？」

果汁やココア粉末を生地に練り混んで焼き上げた色鮮やかなクッキーは、若い女性達に人気のある菓子店のものだった。

　アデラインが食べかけのクッキーを口の中へ放り込むより早く、伸びてきたクラウスの手がクッキーを取り上げ、自分の口の中へ放った。

「あっ」

「阿呆王子が用意した菓子を食べなくても、菓子くらい俺が好きなだけ用意してやる」

「そうですね。今度、一緒に食べに行きませんか？」

「行く」

　髪と瞳の色を変えたことでいつもと雰囲気が変わっているからか、即答するクラウスがいつもよりも幼く、可愛く見えてアデラインは微笑んだ。

「その人ってアデラインさんの彼氏？　あー、だからかぁ！」

　見詰め合ったクラウスと甘い雰囲気になりかけていたアデラインは、リナの声で我に返ると頬を赤らめて振り返った。

「チッ邪魔だな」

「駄目です」

　隣に立つクラウスの苛つきを感じ取り、アデラインは彼の手を握った。

「だがら、もがっ」

「失礼しました」

　リナの背後に立ち、彼女の口を手で覆い言葉を遮ったサミュエルが頭を下げる。

「いえ。サミュエル様、先ほどはご協力感謝します」

「礼を言わなければならないのは私の方です。殿下の取り巻き達を正気に戻し、殿下ご自身の暴走も止めてくださったのですから。アデライン嬢は素晴らしい。まるで、一週間前とは別人のような行動力ですね」

「わたくしは今までの仕返しをしただけですわ。殿下は全ての悪行をわたくしに押し付け処罰しようとしていたようですし、ベルサリオ公爵家と王家はモルガン辺境伯が誇る騎馬軍団を敵に回すことになったでしょうからね」

　アデラインの言葉を聞き、サミュエルは貼り付けていた笑みを消した。

「やはり、貴女は……凄い方ですね」

「凄くはありません。わたくしが気付くのが遅かったせいで、殿下をここまで堕落させてしまったのですから」

「堕落、ですか」

「ええ。そうなるように仕向けられていたと気付かなかった、わたくしの失態でもあります」

　多少我儘でも、王太子の立場を忘れるほど自己中心で、享楽にのめり込む性格ではなかった。

　シナリオの強制力が働いたせいで酷くなったのかと思っていたが、アデラインの周辺から見つかった精神に作用する薬物や魔石を使った装飾品。

　ヒュバードもアデライン同様、何らかの方法で性格を歪められていたら……そんなことをして一番得をする者は誰か。

ゲームの王太子ルートのバッドエンドを思い出した昨夜、アデラインの中に一つの可能性が浮かんでしまった。

手を握るクラウスがいなければ、アデラインの感情によって漏れ出た魔力によって、周囲の空気は凍り付いていただろう。

「ですが、アデライン嬢。今更でしょう？」

「ええ。そうね」

目を逸らしたアデラインが頷くと、サミュエルはリナの口を覆っていた手を外した。

「一つ、教えてください。リナさんは殿下と恋人関係だったのですか？」

「えぇえっ？」

アデラインの問いかけに、リナは目を丸くして素っ頓狂な声を上げた。

「恋人関係でないのでしたら何故、殿下を受け入れていたのでしょうか？」

異世界転移したリナを見付けて保護したのはサミュエルだから、学園でも保護者のように彼女のことを気にかけているだけだと昨夜までは思い込んでいた。

昨夜、学園で会話した時のサミュエルとリナの様子を思い返して、違和感を覚えてから一つの仮説を立てたのだ。

「わたくしの勘違いでなければ、リナさんはサミュエル様を慕っているのでしょう？」

「それは……ヒュバード様って見た目は格好良いし、王太子だからかな？」

眉根を寄せて腕組みをしたリナは、少し考えてから口を開いた。

「サミュエルのことが一番好きだけど、王太子殿下に逆らったらサミュエルとモルガン家の皆さんが大変になるでしょう？　ヒュバード様に愛想良くしていれば、色々と貢いで買ってくれるし周りの男子が優しくしてくれたから一緒にいただけよ。アデラインさんから奪うつもりはなかったわ。俺様でしつこいタイプの男ってそんなに好きじゃないし」

「リナ」

「あっ、ごめん～」

窘めるサミュエルを見上げて、口元に手を当てたリナは「えへへ」と苦笑いする。

（異世界人のリナさんとは価値観の違いというか、〝私〟の生活していた世界の若い女の子の感覚ね。自業自得とはいえ、少しだけ殿下が可哀想になってきたわ）

ゲームでは、ヒロインのリナが攻略対象者との親密度を上げられず攻略を失敗すると、両想いになれないまま終了する友達エンドか、策略に巻き込まれて攻略対象者かヒロインが行方不明か死亡するバッドエンドを迎える。

バッドエンドを迎えたのは、ヒロインのリナでもアデラインでもなくヒュバードだったのだ。命の危機はなくとも、今後の彼の未来は険しいものになるだろう。

「怪しいカフェもね、ヒュバード様から一緒に行こうって誘われたけど、サミュエルに駄目だって怒られたから断ったわ。危ないお酒を飲まされるとかこわっ。一緒に行かなくて良かったー」

ホッと息を吐いたリナは胸を撫で下ろす。

「駄目だよ。学園を抜け出すのもリナのためにはならない」

「はーい」

　ヒュバードのことを、大して気にかけていないリナの態度を見て、少しだけアデラインは胸の奥が痛くなる。

「サミュエル様は良かったのですか？　お父上が王都へ向かう理由がなくなってしまったわ」

「さすが、殿下と共謀した義弟君と、優秀な執事が仕組んだ罠を全て解除しただけありますね。父上には計画が頓挫した責任をとってもらい、私が学園卒業して成人したと同時に隠居してもらう予定ですから、安心していてください」

　リナに向ける優しい目とは違い、冷たい目をしてサミュエルは僅かに口角を上げて笑った。

「アデライン嬢、我々はこれで失礼します」

　メイドが包んでくれた焼き菓子を手にしたリナとサミュエルは、学園でのヒュバードの情報提供をすることを了承して学生寮へ戻って行った。

「はー、疲れたわ」

　お茶会の片付けをする使用人達の邪魔にならないよう、庭園の片隅にあるガゼボへ移動したアデラインはベンチに座って大きく伸びをした。

　首元のタイを外し、髪と瞳の色を元に戻したクラウスが隣に座る。

「生意気な小僧は叩き潰してやれば良かっただろう」

「陛下とお父様の手で叩き潰されて、ペシャンコにされると思うわよ？」

「阿呆王子の方ではない。ああ、来たな」

どこからか飛んできた青銅色の小鳥がガゼボの中へ入り、ベンチの上を一周してからクラウスの人差し指に止まる。

「ルベルトの使い魔だ。少々、強引な手は使ったが交渉は上手くいったそうだ」

「わたくしが殿下を断罪して、息子とリナさんがいたら辺境伯も受け入れるしかないわよね」

モルガン辺境伯とは面識はないが、ゲームではサミュエルとは全く似ていない厳つい武人、といった外見をしていた。

いくら金狼でも、サミュエル辺境伯を精神干渉魔法で操れるとは思えない。情に厚いという性格を逆手に取り、息子とリナの名前を出して受け入れさせたのだろう。

「交渉が上手くいかなかったら、金狼が辺境伯を潰すつもりだった。アデラインが穏便にしろと望んだから、穏便に済ませただけだ」

褒めろと言わんばかりのクラウスは、アデラインの髪を人差し指と親指で弄る。

「それで、報酬は？」

「報酬？」

キョトンと、小首を傾げてアデラインは訊き返す。

「追加依頼の報酬だ」

（報酬って、お金？　ううん。この顔は違うわね）

髪を弄るクラウスの指を握り、アデラインは背筋と首を伸ばした。

ちゅっ。

クラウスの頬に触れたアデラインの唇は、リップ音を立ててゆっくりと離れていく。

「クラウスさんが側にいてくれたから、やり遂げられたわ。ありがとうございました」

頬とはいえ自分から口付けたのが恥ずかしくて、アデラインの顔は真っ赤に染まった。

僅かに目を開いたクラウスは口角を上げて、口付けられた自分の頬を指で触れる。

「足りない」

「えっ」

背凭れを掴んで、アデラインに覆いかぶさったクラウスの手が頬に添えられる。

「な、ぅんっ」

何が起こるのか察知する前にアデラインの視界は暗くなり、半開きの唇は吐息ごとクラウスに食まれてしまった。

第7章．◆ハッピーエンドの裏側にいる者達

＊　サミュエル・リナ　＊

学園の手前で馬車から降りたサミュエルとリナは、二人並んで歩いて女子寮へ向かっていた。

サミュエルのジャケットの袖を持っていたリナは、周囲を見渡してから彼の手を握る。

「サミュエル、いつも守ってくれてありがとう。大好きよ」

「私もリナが好きだよ」

「えへへ」

一瞬だけサミュエルから離れた手は、指を絡めて繋ぎ直されてリナは笑顔になる。

女子寮の前で、サミュエルは繋いでいた手を放して、風で乱れたリナの髪を手櫛で整えた。

「今日は疲れただろう？　夜更かししないで早く寝るんだよ」

「うん、また明日ね」

大きく手を振るリナに手を振り返し、サミュエルは日が暮れて薄暗くなった道を歩き、点灯し

た照明の灯りが届かない木の陰へ入ると足を止めた。

「何かご用ですか？」

　木の葉を揺らしていた風の音は止み、無音になった空間に何者かが砂利を踏む音が聞こえて、サミュエルは笑顔の仮面を被る。

　暗がりから姿を現した黒装束の男は、つい一時間前に顔を合わせていた相手とは思えないほど別人の雰囲気を発していて、気圧されそうになったサミュエルは手に力を入れた。

「全てお前の思い通りになったのか」

「ええ」

　笑顔で頷くサミュエルを見て、黒装束の男は赤い目を細める。

「リナを殿下から守れましたし、邪魔な王太子の取り巻き達もいなくなった。もうリナは、私以外の男に目を向けないでしょう。マスター、ありがとうございました」

　サミュエルから頭を下げられ、クラウスはフンッと鼻を鳴らした。

「あの異世界人は手に入っても、王族へ反逆するというお前の父親の企みは潰れたぞ」

「金狼がアデライン嬢を守っているのに、反乱を起こすのは無謀でしょう？　父上は賢明な判断を下したと思いますよ。私は殿下達を排除して、リナを手に入れられれば他は望みません」

　嬉しそうに笑ったサミュエルが胸元に手を当てた時、シャリッと金属が擦れる音が鳴る。

「ああ、そうだ。お借りしていたコレを返します」

　ジャケットの内側へ手を入れたサミュエルは、内ポケットから紫色の魔石のペンダントトップのネックレスを取り出す。

　ペンダントトップの魔石は亀裂が入り、金のチェーンは切れていた。

「鎖が切れて地面に落ちた時に、魔石が割れてしまったようです。心を縛ることが出来る貴重な物を貸していただいたのに、すみません」

「阿呆王子の糸が切れた時、コレは力を失ったからな。それに俺には不要な物だ。お前にくれてやる」

「魅了の力を持つ魔道具を不要物扱いですか。さすが、金狼のマスターですね」

　栄華を極めた末、皇族の争いによって滅亡した帝国に伝わっていたという、対象者の心を魅了し操ることの出来る貴重な魔道具。それを「不要」と言い捨てるクラウスに、サミュエルは苦笑いした。

「お前の邪魔となる者達を魅了し、堕落させるという契約は全て完了した。報酬をもらおうか」

「ええ」

　サミュエルは、反対側のポケットからハンカチに包んだ物を出す。

「蛮族が崇めていた〝古の神の欠片〟。お探しの物は、これで間違いないでしょうか？」

　差し出されたハンカチに包まれたモノを受け取り、中身を確認してクラウスは目を細めた。

「確かに受け取った。これでお前との契約はしまいだ。以後、金狼はお前を攻撃することが出来る。俺のアデラインに近付く時は、言動に気を付けることだな。次は、潰すぞ」

　言い終わると同時に、クラウスの足元に転移魔法陣が展開されていき、魔法陣に描かれた幾何学模様から発せられる光がクラウスを包んでいく。

数秒後、魔法陣からの光が消えると彼の姿も痕跡すら残さず消えていた。

「簡単に転移するなんて、本当に凄いな」

生きとし生ける者全てが魔力を持つこの世界でも、限られた者しか使えない転移魔法は膨大な魔力を有していなければ発動出来ない。

学園に張り巡らされている結界を抑え込み、警備の者達に察知させずに発動させたクラウスの力を目の当たりにしたサミュエルは、心からの感嘆の声を漏らす。

「ラスボスだけは敵に回さないように気を付けます。アデライン嬢は……ふっ、事実を知ったらどうするのかな」

夜空を見上げて呟いた声は、吹き抜けていく風によってかき消された。

＊　ベルサリオ公爵　＊

国王の許可を得た者しか入れない王宮内の一室。

強固な結界が張り巡らされた部屋に、自分以外の魔力が流れ込んだことに気付いたベルサリオ公爵は、椅子の背凭れに寄りかかっていた上半身を起こして姿勢を正した。

流れ込んだ魔力は、絨毯の上に転移魔法陣を展開する。

転移魔法陣の中心から現れた侵入者の姿を確認して、ベルサリオ公爵は予定通りに事が進んだことを覚った。

「アデラインは無事か？」

「ああ。言い負かされた王太子の顔は見ものだったぞ」

結界が張り巡らされた王宮へ、易々と侵入したクラウスは愉しそうに目を細めた。

「王太子は自我を保っているだろうな？」

「体は無傷ではないが、精神は完全に壊していない。国王の説得は出来たのか？」

頷いたベルサリオ公爵は、肘掛に手をついて椅子から立ち上がる。

「殿下を廃太子にすることは、納得していないだろうが理解はしていただけた。事実無根の罪で娘が辱められるのを回避出来たのも、モルガン辺境伯を抑えられたのも、貴公らのおかげだ」

クラウスと視線を合わせて礼を言い、ベルサリオ公爵は深々と頭を下げた。

「それがアデラインの『お願い』だからな」

クラウスの口からアデラインの名前が出て、ベルサリオ公爵の肩がピクリと揺れた。

「取引に応じたとはいえ、辺境伯は反乱を諦めていないだろう。証拠が揃っている今のうちに潰しておかなくてもいいのか？」

息子・サミュエルと異世界人の娘を盾にとった金狼に対し、モルガン辺境伯は苦悶の表情で騎馬軍団の撤退を決定した。

「我が国の国防のために、モルガン辺境伯の力は必要だ。反逆の疑いがあるとして、国家転覆罪で捕縛したら、他国に攻め入る機会を与えてしまう。モルガン辺境伯がいなくなれば、軍事国家のバルタンが攻め入ってくるだろう。今はまだ潰すわけにはいかない。今回の件は牽制になったはずだ」

「そうか。では対価を払ってもらおうか」

「対価……」

小声で呟いたベルサリオ公爵は一気に意気消沈していく。身じろいだ際、体勢を崩してよろめき椅子の肘掛を掴んだ。

「私は……娘の意思を尊重する。まずは、娘の意思を確認してからだ」

顔色の悪い顔を上げ、ベルサリオ公爵が喉の奥から絞り出した声は、小刻みに震えていた。

＊　もう一人の『アデライン』＊

王宮から帰って来たアデラインは、出迎えたエリックと久し振りに食堂で夕食を共にした。

「義姉様、申し訳ありませんでした」

お茶会での出来事、婚約破棄宣言をしたヒュバードの顛末を伝えると、エリックは涙ぐみながら何度も謝罪の言葉を口にした。

以前の優しいエリックに戻ったことに安堵し、アデラインは手を伸ばして彼を抱き締めた。

「お嬢様、おやすみなさいませ」

退室するラザリーを見送り、ベッドに横になればあっという間に眠気が襲ってくる。

（破滅は回避されたから、わたくしは元の世界に戻るのかしら？　エンディング後はどうなるのかなんて分からないけれど、元の世界に戻ったら……約束は守れないな）

焼き菓子を食べに行こうと誘った時、嬉しそうに快諾したクラウスの顔が脳裏に浮かび、馬車から降りる直前、偽装を解いた彼から口付けられた右手の甲を撫でた。

（やることがあるからって、クラウスさんは転移魔法でどこかへ行ってしまった。クラウスさんとの最後の言葉になったら悲しいわね。前みたいに名前を呼んだら、来てくれるかな？）

左手人差し指の指輪に向かって声を出そうと口を開いて、すぐに閉じた。

（「気になるから」って理由で呼び出してはいけないわ。明日、アジトへ行って確認しよう）

指輪の薄ピンク色の魔石を見詰めているうちに、増していく眠気に耐えきれなくなったアデラインは上げていた左手を下ろし、目蓋を閉じた。

＊＊＊

婚約破棄され牢に入れられた翌日、アデラインは貴族が秘密裏に処刑される、王宮内の奥にある刑場にいた。

「これより、聖女候補暗殺並びに、隣国と内通し国家転覆を企てた魔女の処刑を行う」

上半身を鎖で拘束されて目隠しをされたアデラインは、硬い石の床に跪き頭上から聞こえる処刑執行人の声を聞いていた。

（隣国と内通して国家転覆？　そんなことはしていないわ。わたくしはただ、リナさんを懲らしめようとしただけ）

全身を震わせたアデラインは立ち上がろうとしたが、牢から脱出を試みた時に打ち付けた体が痛み、さらに上半身を拘束する鎖の重さで身動きは取れず、首にはめられた魔法封じの首輪によって喉を潰されて声も出せない。

「貴様は公開処刑されるはずだったが、聖女候補のご慈悲により公開処刑は取りやめになった。感謝することだ」

処刑執行人はアデラインの髪を掴み、俯いていた彼女の顔を上向きにする。

小瓶の蓋を摘んで開けると、無理やり開かせたアデラインの口に中の液体を注ぎ込んだ。

（ううっ！　熱いっ、痛いっ！）

液体が口から喉を通過した瞬間、アデラインの口の中と喉が焼けるように熱くなる。

内臓が焼ける激痛と苦しさで、アデラインの意識は遠ざかっていった。

途切れかけた意識の中でアデラインの耳が捉えたのは、複数の足音と全く知らない男性の声と女性の悲鳴だった。


『人が落ちた！　誰か救急車を呼んで！』

『……大丈夫ですか⁉』


意識を失い倒れたアデラインは、救急搬送された病院の病室で目を覚ました。

『ここはどこ？　何故、わたくしはここで眠っていたの？　罰せられるの？』

『落ち着いてください』

駆け付けた看護師から、自分の素性と怪我をした状況を教えられてもまだ信じられず、手渡された鏡に映る姿を目にしてやっと、アデラインは自分の外見が変わっていることを理解した。

理解した瞬間、記憶が一気に頭の中に流れ込んでくる。

(なんなのこれは？　誰の記憶なの？)

流れ込んできた記憶を整理しきれず、意識を失ったアデラインは数日間高熱を出した。

少しずつ流れ込んで来た記憶を受け入れて、アデラインは状況を理解していく。

『検査の結果、かなり記憶の混乱がありました。しばらくは療養をしてください』

『ありがとうございました』

　退院時、医師から生活についての注意を受けて、荷物を持った『母親』が頭を下げる。病室の窓から外を見ていたアデラインも、慌てて頭を下げた。

『母親』と共にアデラインが暮らしていたマンションの部屋に帰り、狭く雑然と物が置かれた室内を見渡す。

　置いてある物は、確かに買ったことも使用していたことも〝私〟の記憶として残っている。しかし、アデラインだった時の記憶が残っているため、違和感は拭えない。

（記憶と知識は残っていても、この世界はわたくしが暮らしていた世界とは違うわ。どうしてこうなったの？　違う生き方をしたいと願ったから？）

　生きる世界まで変えられてしまうとは想定すらしていなかった。

　自宅療養中に接したこの世界の知識と、甲斐甲斐しく世話をしてくれる『母親』のおかげで、混乱は徐々に落ち着き、婚約者と親しい者達に裏切られ傷付いた心も癒されていった。

（あの世界のことは全て、階段から落ちて意識を失っていた〝私〟が見ていた夢だったの？）

　アデラインだったのは夢ではないかと思っても、兵達に取り押さえられた時の痛みと刑場へ連れて行かれた時の絶望と恐怖、毒薬を口にした時の喉が焼ける痛みは鮮明に覚えていた。

　一週間の自宅療養後、出社した〝私〟を待っていたのは同期入社した男性社員だった。

『休んでいた時の仕事は俺が回しといた。体が大変になったら、無理しないで言えよ。フォローくらいするから』

〝私〟の中に残っている記憶では、ことあるごとに突っかかってくるこの同僚に対して苦手意識を持っていた。だが、今なら彼の態度の端々から、自分に対する気遣いと優しさを感じ取れる。

『ありがとう。助かるわ。このお礼をしなきゃならないわね』

『あぁ、いや、お前の仕事が溜まると俺も困るし』

〝私〟が頭を下げると、何故か焦り出した男性社員は視線を逸らす。

『お礼は……そうだな、珈琲とラーメン。今日の昼飯におごってもらおうかな』

『珈琲とラーメン？　それでいいの？　組み合わせ変じゃない？』

『変じゃないって』

目を逸らしたまま言う彼を見上げ、目を瞬かせた『〝私〟になったアデライン』はぷっと噴き出した。

＊＊＊

〝アデライン〟は、見覚えのある社内と同僚達、そして席に座って仕事をする〝私〟の姿を硝子に似た壁に阻まれ、近付くことも出来ずに立ちつくして呆然と見ていた。

「これは、まさか……」

『本当のアデライン』は、断罪後、地下鉄の階段から落下した〝私〟として生きていた。階段から落下した〝私〟が、目覚めた時にアデラインとなっていたのと同じく、『本当のアデライン』も〝私〟の体の中で意識が蘇り、生活していたのだ。

「私とアデラインの魂が入れ替わってしまった？」

「そうみたいね」

誰もいなかったはずの背後に、今まで会社で仕事をしていた〝私〟が立っていた。

背後から声をかけられて、振り向いた〝アデライン〟は大きく目を開く。

「貴女は私、ううん、本当のアデライン？」

硝子の壁は消え失せ、周囲は何もない真っ白の空間へと変わっていた。

「こうなった原因は、殿下と信頼していたレザードに裏切られて絶望し、違う生き方を望んだわたくしの願いの結果なのかは分からないけど、魂が入れ替わってしまったのは確かよ」

向かい合わせに立つ〝私〟の姿は、見慣れているはずなのに魂が違うからか雰囲気が変わり、外見も別人とまでいかないものの随分と変わったように感じた。

「わたくしが生活していたあの世界は、この世界のアプリゲーム【君と紡ぐ恋の魔法】と同じ設定で、わたくしがヒロインの邪魔をする悪役令嬢だったと知った時は本当に驚いたわ」

「それはそうよね。私もアデラインになっていると分かった時は驚いたもの」

溜息を吐いたアデライン＝〝私〟に同意して、〝私〟＝アデラインは頷く。

ゲームに似た設定の世界観はまだ受け入れられるとしても、悪役令嬢の役目で断罪される運命だったと知ったら驚くに決まっている。

「ねぇ、元に戻りたい？」

「元に？」

〝私〟＝アデラインから問われ、アデライン＝〝私〟は目を瞬かせる。

（アデラインから〝私〟に戻って、元の世界で暮らす？　最初は断罪される流れに恐怖して、元の世界に戻りたいと願っていたのに、今は……）

黙ってしまったアデライン＝〝私〟を見詰めていた〝私〟＝アデラインは眉間に皺を寄せた。

「あら？　戻りたくても無理みたいね」

「え？」

「だってほら、見て」

目を丸くするアデライン＝〝私〟の首元と手元を指差し、〝私〟＝アデラインは苦笑いして首を横に振った。

「貴女の魂は、逃げられないように鎖で雁字搦めにされているみたいよ」

首を動かして、指摘された首と手首を交互に見たアデライン＝〝私〟は、目を大きく開いた。

「ええっ、何これ？」

アデライン＝〝私〟の首と両手首には、金色の細い鎖が何重にも巻き付いていたのだ。

首と両手首に巻き付いた鎖は、左手人差し指の指輪から伸びていた。

鎖の重みと感触は感じられず、この鎖は魔力による拘束だということはすぐに分かった。

（こんなことが出来るのは……まさか、嘘でしょ？）

アデライン＝〝私〟の脳裏に、同意なく拘束してくれた彼の熱を帯びた深紅の瞳が浮かぶ。

「もしかしたら、鎖で貴女を縛った相手が貴女を捜し欲したから、別の人生を送りたいと願った私と体が入れ替わったのかもしれないわ」

元の世界に戻れない上、いつの間にか囚われていたと分かったアデライン＝〝私〟の背中に、冷たいものが走り抜けていく。

「どうしよう。ラスボスが相手では勝てないわ……」

脱力感に襲われて、アデライン＝〝私〟は右手で顔を覆った。

破滅回避をしても、今度はラスボスと戦わなければならないのだ。

「あの世界のわたくしが得られなかった、〝愛される〟という幸せ。断罪を回避した貴女なら、きっと得られるわ。物凄く重い相手みたいだけど頑張ってね。私はこの世界に残って貴女として生きていく。だから」

言葉を切った〝私〟＝アデラインは微笑む。

「さようなら。アデライン・ベルサリオ」

晴れやかな笑顔を見せて手を振る〝私〟＝アデラインの姿が徐々に薄れていき、アデライン＝〝私〟はかつて自分だった女性に手を伸ばした。

＊＊＊

伸ばした手の指先に誰かの指が絡まり、ぎゅっと強く握られる。

ぎしりと何かが軋む音が聞こえて、眠りの淵に沈んでいたアデラインの意識が浮上していく。

目蓋を開けば、不鮮明な視界でもはっきり分かる深紅色の瞳と目が合った。

「クラウス、さん？」

「駄目だ」

ベッドに片手と膝をつき、仰向けで寝ていたアデラインの上にクラウスが覆いかぶさる。

「俺から逃げるなど、許さない」

クラウスの指先に力が入り、握られている手の痛みで顔を歪めたアデラインは、ハッと息を呑んだ。

ようやく自分の置かれている状況を理解して、一気にアデラインの全身が真っ赤に染まった。

「きゃあああー⁉」

「何をしているの」と、クラウスに問うよりも先にアデラインの口から悲鳴が上がり、覆いかぶさっている彼の胸を力いっぱい押した。


バンッ！

「お嬢様！」

悲鳴を聞きつけて室内へ足を踏み入れたラザリーは、ベッドの上で涙目になって助けを求めるアデラインと彼女を押し倒しているクラウスの姿を目にして、固まったのだった。

エピローグ ◆ 私達の選んだ未来は……きっとハッピーエンド

週休明けの学園は、「国王と学園長から学業不振、素行不良だと判断された王太子と彼の取り巻き数人が停学処分を受けた」という事実が広がり、生徒達は騒然となった。

王太子と取り巻き達の行動に問題があるというのは知っていても、まさか国王自ら出て来るとは思ってもみなかったのだ。

王太子の停学処分は無期限とされ、取り巻きだった貴族令息達は処分が下された後、学園側に自主退学を申し出て受理された。空席となった生徒会長は今、臨時でアデラインが務めている。

取り巻き達が自主退学した後、元老院議員満場一致でヒュバードから王太子の地位を剥奪することが決まった。

唯一、王太子の地位剥奪に難色を示したのは父親である国王だが、元老院の決定を不服として代替案を出そうと動いていた時に体調を崩してしまい、反対は出来なかった。

ヒュバード断罪の場となったお茶会に不参加だったカルロス、ブライアンは教師達から事情聴取を受けたが、成績の下落もなく夜遊びもしていなかったためヒュバードを諌めなかったことを注意されるだけで済んだ。

エリックだけは、ヒュバードの命令とはいえ教師を買収したのは悪質だと判断されたが、大量の課題提出と一週間の停学処分を言い渡されてエリック自身が処分を受け入れた。

学園へ登校する馬車の中、アデラインと向かい合わせで座っていたラザリーは気配に気付いて顔を上げた。

馬車の小窓を開けたラザリーが手を伸ばすと、どこからともなく飛んできた黒蝶が人差し指に止まる。

「お嬢様、あの者が採石所に着いたと、監視の者から連絡が来ました」

「ありがとう。採石所に着いたのなら、もうレザードの監視は必要ないわ」

「分かりました」

頷いたラザリーが目配せすると、黒蝶は人差し指から空へと飛び立っていった。

(元のアデラインなら、レザードをもっと軽い刑にしたの？)

目蓋を閉じたアデラインは、違う世界で生きることを選んだ〝私〟の姿をした元のアデラインに問いかける。

(〝私〟と入れ替わったアデラインと会話をしたあの日、夜が明けても今の私はこの世界のアデラインのままだった。だから、この世界のアデラインは私自身。この選択は間違っていないわ)

幼い頃よりレザードを慕っていた元のアデラインなら、裏切られたと分かっても彼を完全に切り捨てることは出来ず、死ぬまで過酷な重労働を課せられる最果ての地にある採石所送りにはしなかっただろう。

(アデラインに異常なほど執着していたレザードにとって、処刑で生を終わらすよりも生き続けて罪を償わせる。手の届かない存在になったアデラインのことを想って、生きていくのが一番の

処罰になるわ）

元の世界にいる家族と友人達のことを思うと、この世界に縛り付けた何者かに憤りを感じる。

しかしその反面、元の世界で職場と家の往復という日々を過ごすよりも、〝私〟が憧れていたこの世界でアデラインとして生きていけると、安堵した自分もいた。

相反する感情を抱えて混乱し、酷い頭痛と吐き気で丸一日寝込んだ末に……辿り着いた結論は、アデラインの記憶に引き摺られるのは止めて〝私〟として生きることだった。

「それと……お嬢様。マスターがお呼びです」

「今日は生徒会の話し合いがあって、遅くなるからお断りしてちょうだい」

「一応伝えますが、あの方が聞き入れてくださるかは分かりません」

「確かに、そうね」

クラウスはアジトへアデラインを召喚する。予定があり召喚を断れば、夜遅い時間にアデラインの部屋へやってくるのだ。

未婚の女性の部屋を夜に訪問する、しかも窓から室内に入るのは倫理観に欠ける行為だと訴えても、「会いたいから来た」と言って止めてくれない。

「ラスボスだから仕方ないか」

いくら〝私〟がゲームをやり込んでいても、ラスボスの攻略法は知らないのだから、太刀打ちなど出来ない。

「お嬢様？」

「何でもないわ」

目を伏せたアデラインは、左手人差し指にはまっている指輪を撫でた。

学園の校門を通り抜け、馬車止めの表示前で馬車は停車する。

御者台から降りたガルバムが扉を開き、荷物を持ったラザリーに続いてアデラインが馬車から降りれば、周囲にいる生徒達が足を止めた。

「アデライン様、おはようございます」

「おはよう」

挨拶をしてきた一年生の女子生徒に向けて、アデラインが挨拶を返すだけで、彼女は頬を赤らめて瞳を潤ませた。

〝私〟とアデラインの魂が入れ替わった後、初めて登校した時は腫れ物に触るようだった生徒達の反応は、大きく変化していた。

「アデライン、おはよっ」

教室へ向かったアデラインを体育着姿のディオンが出迎えた。

依頼は終わったのに、ディオンは「趣味で通っている」と言い、学園生活を楽しんでいる。

男子達に囲まれて談笑しているディオンは、とても冷酷非情の裏ギルド金狼のメンバーには見えない。

午前中の合同実技の授業が終わり、昼食休憩となった。

食堂へ向かったアデラインは、聞こえてきたディオンの笑い声のする方へ歩く。

中庭が見えるテーブル席に座った笑顔のディオンが話しかけるも、腕組みをして椅子に座る憮然としたカルロスの表情は崩れない。

「そんなに落ち込むなよ」

「今度こそお前に勝てると思ったのに、あの時に足技を使うのは反則だろう」

ギロリとカルロスに睨まれ、ディオンは芝居がかった動作で肩を竦めた。

「だって実技訓練だろ？　実戦じゃお手本通りの動きじゃなくて、足技くらい出すだろ。お前の剣技は教本通りなんだよ」

「ぐっ、今日の鍛錬は格闘技だ」

盛大な溜息を吐いたディオンは、やり取りを観察していたアデラインの方を振り返る。

「悪いな、アデライン。今日は送って行けない」

悪いと言いつつ、ディオンがカルロスとのやりとりを楽しんでいるのは、見ていて分かる。

「ラザリーとガルバムさんがいるから大丈夫よ。二人とも鍛錬頑張ってね」

休日は鍛錬の名の下二人は魔物の討伐をしているらしいが、その中には金狼の仕事も混じっているとラザリーから聞いた。真面目な性格のカルロスが、闇ギルドの手伝いをしていたと知ったら大騒ぎするだろうが、ディオンなら上手く立ち回るだろう。


食堂での昼食を終え、アデラインは教室へ向かった。

食堂のある特別教室棟と教室棟を繋ぐ渡り廊下を歩いていると、教室棟の方から一人で歩いて来るブライアンと目が合う。

アデラインと擦れ違った後、ブライアンは足を止めて振り返る。

「アデライン嬢、今日は、その」

「ラザリーでしたら、放課後には待機室にいると思いますよ」

「そ、そうか」

「ブライアン様。今週末、働きすぎのラザリーに休暇を与えてあります。ラザリーが仕事をしないように、見張っていてください」

アデラインからの依頼に、ブライアンは目を見開くと何度も口を開閉させた。

「ああ、分かった。その……ありがとう」

ほんのり頬を赤らめたブライアンは、アデラインから目を逸らすと口元を片手で覆った。


放課後、生徒会室で行われた生徒会役員の話し合いは終了時間よりも長引き、下校時間となったところで次回に持ち越しとなった。

「皆さん、さようなら」

「アデライン様、さようなら」

役員を先に帰したアデラインは、副会長と一緒に生徒会室の窓と扉の施錠をして廊下へ出た。

鍵の返却を副会長に頼み、職員室へ向かう副会長の背中を見送る。

周囲を見渡して人気がないことを確認してから、左手人差し指の指輪に向かって話しかけた。

「クラウスさん、話し合いが終わりました。今から伺うのは遅くなってしまうので、えっ？」

「明日にしてほしい」と言いかけたアデラインの足元が光り輝き、光は廊下の床に転移魔法陣を描いていく。

あっという間に完成した、幾何学模様と古代文字が組み合わさった転移魔法陣から伸びた光の帯は、アデラインの全身に絡み付く。

悲鳴を上げる猶予すら与えられず、強制的に転移させられたアデラインは突然の浮遊感と落下を対処出来ず、目蓋を閉じた。

「きゃああっ！」

転移の衝撃で傾ぐ体は、腰に回された腕によって抱き留められて、床に倒れることはなかった。

今回はどこに転移させられたのかと、腰に回された腕に手を当てて顔を上げたアデラインは周囲を見渡し、室内に刻まれた古代文字からクラウスの隠れ家の一つだと分かった。

「遅い」

抱き留めた腕の主の不機嫌な声が頭の上から聞こえ、アデラインは緩慢な動きで顔を上げた。

「遅いと言われても、今日は生徒会の集まりがあると言っておいたでしょう」

「終了予定時刻よりも遅かったぞ」

不機嫌さを隠そうとしないクラウスは、足に力が入らないでいるアデラインを横抱きにしてソファーへ向かう。

「それは話し合いですから、長引くことくらいあります。クラウスさん、自分で歩きますから下ろしてください」

「嫌だ」

　拗ねたような口調で言われてしまうと、それ以上は何も言えずアデラインは口を閉じる。

　ほんのり頬を赤く染めたアデラインを抱えたまま、クラウスはソファーに座った。

　膝の上に乗せたアデラインの首筋に顔を埋め、クラウスは彼女の首筋を甘噛みする。

「んっ」

　首筋を甘噛みされる感触がむず痒くて、アデラインはクラウスの背中を軽く叩いた。

「クラウスさん、くすぐったいし痕が付いちゃうから吸わないで、ひゃんっ」

　皮膚に透けて見える血管に沿って、首筋を舐められたアデラインは熱い舌の感触に驚いて、甘ったるい声が出る。

「フッ、心配しなくても隠せるところに付けている」

「そういうことじゃないって！」

　顔を赤くしたアデラインが肩を力いっぱい押し、クラウスは埋めていた首筋から顔を上げて、二人の間に僅かな隙間が出来た。

「依頼を片付けた後、破壊衝動が抑えられなくなった。だから、鎮めてくれ」

「鎮めるって……もうっ」

再び抱き締めてくるクラウスを拒否出来ず、アデラインは彼の背中に手を回した。

「はぁ……アデライン、生意気な辺境伯の息子と勘違い女を潰さなくてもいいのか？　近いうちに面倒なことを起こすぞ。今のうちに潰しておこうか？」

甘さを含んだ声と眼差しをアデラインに向けて、クラウスは物騒なことを言い出す。

「潰すって、物騒なことを言わないでください。あの二人はそのうち自滅するでしょう。サミュエル様は相当病んでいるみたいですし、もしかしたら彼は、きゃあっ」

スカートを捲り上げた大きな手が、太腿に触れて這うように動き出す。

焦ったアデラインは、クラウスの手の上に自分の手を重ねて、押さえた。

「俺という婚約者がいるのに、他の男のことを考えるな」

「こ、婚約者って。まだ正式決定ではないわ。周りにも知らせていないし、それに学生のうちは学生らしく清いお付き合いをするって、お父様とも約束したでしょう？」

「学生でもこれくらいのことはしている。卒業したら……フッ、覚悟しておけ」

耳朶にクラウスの唇が触れ、吐息を流し込まれたアデラインの背筋が粟立った。

『あの世界のわたくしが得られなかった、愛されるという幸せを貴女なら得られるわ。大分重い相手みたいだけど、頑張ってね』

ふと、夢の中で会った元のアデラインの声を思い出す。

破滅回避のために、とんでもない男と交渉して契約を結んだ当初は恐怖しかなかったのに、今はクラウスの独占欲丸出しの言動は恐いものではなくなった。

「クラウスさんこそ、覚悟しておいてくださいね」

片手をクラウスの首に絡ませて、彼の頬に口付けるとリップ音を立てて唇を離す。

（わたくしをこの世界に、アデライン・ベルサリオとして縛り付けた責任。この世界で生きていくことを決意させた責任を、一生かけてとってもらうつもりですから）

「アデラインッ」

不意打ちの口付けに目を開き、ほんのり目元を赤く染めたクラウスは、お返しとばかりにアデラインの唇に食むように口付けた。

＊　もう一人のアデライン　＊

職場復帰して以来、週末の仕事終わりは同僚男性と一緒にラーメン屋巡りをするのが、〝私〟の週末の恒例になっていた。

今月最後の週末、餃子の美味しい店へ寄った〝私〟は地下鉄の駅に向かって歩いていた。

「物騒だから」という理由で、毎回駅まで送ってくれる同僚男性は少し前を歩く。

肩から斜めがけにしていたショルダーバッグが振動して、〝私〟はバッグのポケットに入れていたスマートフォンを取り出した。

「え、うそっ」

　スマートフォンの画面を確認して、驚きの声が漏れた。

　前を歩いていた同僚男性は〝私〟の声を聞き、足を止めて振り返る。

「どうした？」

「前に好きだったゲームが配信終了するって通知がきたの。急だから驚いただけ」

　アプリゲームの配信終了通知と一緒に送られて来たイラストを再度見て、寂しさと共に安堵の感情が湧き起こるのを感じた〝私〟は苦笑いする。

　目蓋を伏せた〝私〟は表示していた画面を消して、スマートフォンをバッグのポケットに仕舞った。

「前に？　今はやってないのか？」

「うん。今は休みの日は食べ歩きしているし、ゲームへの情熱がなくなったのよね」

「そうか」

　上の空で聞いていた彼は、一歩近付くと〝私〟の真正面に立つ。

「どうかしたの？」

　休養中、仕事をフォローしてもらったお礼にラーメンを食べに行って以来、彼とは一緒にランチを食べ、毎週末仕事帰りにラーメン屋へ寄っているが、今日はいつもよりも彼の口数が少なくて体調が悪いのかと心配していた。

　今日は、仕事中のミスの修正を彼に手伝ってもらった。自分の仕事もあったのに、迷惑をかけてしまったから嫌われたのかもしれないと、〝私〟の胸は締め付けられるように苦しくなる。

「あのさ……」

数秒口ごもった彼は、意を決したという体で口を開いた。

「ずっと好きだったんだ。俺と付き合ってください」

言い終わった途端、彼の全身が薄暗い中でも分かるくらい真っ赤に染まっていく。

「えっ」

思いもよらない告白に、〝私〟は目を見開いて彼を見上げた。

「ラーメン屋に誘ってばかりで、そういう風に見てもらえていないって分かっているし、道端じゃなくてもっと雰囲気のいい場所で告白すれば良かったたって後悔しているけど、これからはお酒落な店も探すから、だから」

「嬉しい」

焦る彼の言葉が終わるのを待てず、溢れ出てきた〝私〟の感情が声に出てしまった。

あの世界で、婚約者から心ない言葉と冷たい視線を投げかけられることがあっても、執事から褒められることがあっても、異性に「好き」と告白されるのは初めての経験で、湧き上がってくる愛おしさ嬉しさで〝私〟の瞳は涙で潤む。

「私も、貴方が好きです。彼女に、してくれますか？」

「当たり前だろっ！」

震える声で〝私〟が告白し返すと、顔を真っ赤に染めた彼は勢い良く答えた。

緊張した表情の彼は、ぎこちない仕草で手を差し出す。

差し出された手の上に自分の手を重ねれば、互いの指を絡ませてそっと握られた。

握り返した手から緊張が伝わってきて、彼への愛おしさから〝私〟は微笑んだ。

（ねぇ、〝アデライン〟。私もこの世界で幸せになれそうよ。貴女もきっと、あの世界で幸せになっているわよね？　だって、最後のシークレットイベントの紹介文とイラストには、貴女が彼の隣で幸せそうに笑う姿が描かれていたもの）

自分と入れ替わった〝アデライン・ベルサリオ〟を想うと、懐かしさと寂しさが湧き上がってくる。

もう戻ることのない世界に思いを馳せながら、〝私〟は満月が輝く夜空を見上げた。

番外編

クラウスは暗躍する

Extra edition

隣国バルタンの国王から、使節団を派遣するという連絡を受けて以来、アデラインは憂鬱な気分で過ごしていた。

先日、「廃太子ヒュバードと婚約解消した」と公表した直後、バルタン国王から求婚されたのを断ったばかりだったのだ。

（求婚を断ってすぐに使節団が来るのは、国王陛下のご機嫌を損ねたのかしら？　ご機嫌を損ねた原因のわたくしも一緒に出迎えるなんて、お父様は何を考えているの？）

国王代理のベルサリオ公爵の横に並び、バルタン王国からの使節団を出迎えたアデラインは余所行きの仮面を張り付けるのを忘れて、口を半開きにして唖然となった。

「出迎えを感謝する」

使節団の先頭に立ち、見る者全てを魅了する微笑みを浮かべて挨拶した貴公子は、初対面のはずなのに冷酷非情なラスボスと酷似していた。

使節団の代表だという貴公子は、動揺するアデラインに向けて優雅に微笑むのだった。

＊＊＊

難攻不落と評されているバルタン王国王都。

王都の中央に建つ、鉄壁の警備を敷かれている王宮内の謁見の間には、赤絨毯が敷かれた壇上に金と宝玉で飾られた煌びやかな玉座が鎮座していた。

ほんの数分前まで、この壇上の玉座にはバルタン国王が座っていた。

大量の貢物を用意し、謁見を申し込んで来た若い貴族の男を壇上から見下ろしていたバルタン国王は、自分を玉座から引き摺り下ろして床へ放り投げた黒ずくめの男を、信じられないモノを見る目で見上げた。

許可なく国王に近付くことも、玉座に座るなど許されざる行為なのに、圧倒的な存在感を放つ男が優雅に腰かける様は、彼のために用意された玉座のように見えてくる。

「玉座というものは、見栄えはいいが座り心地は良くないのだな」

玉座に腰かけたクラウスは、繊細な模様が彫刻された肘掛を指先で突いた。

「うぅ、何者だ？　お前達、何故動かぬ！　侵入者を排除せよ！」

侵入者の姿に魅入ってしまっていたバルタン国王は、我に返ると床に両手をついて上半身を起こし、主君が害されても全く動こうとしない護衛達に怒号を発した。

しかし、国王直属の騎士の中でも実力者揃いの護衛達は、直立不動のまま誰一人バルタン国王の声に反応せず、視線すら動かさない。異常事態が起きているのに、護衛は動かず魔術師達も何も察知せず駆け付けない異常さを感じ取り、バルタン国王の背中を冷たい汗が流れ落ちる。

「どれだけ騒いでも無駄だ。切り離したこの空間を感知出来る者はそういない。護衛達の目には、俺と貴様が和やかに談笑している光景が見えている」

「空間を切り離しただと⁉　貴様の目的はなんだ！　我が国を乗っ取るつもりか⁉」

目を見開いた驚愕の表情で問うバルタン国王に、クラウスは口角を上げた。

「国盗りか。それも面白い。だが、今のところ乗っ取る気はない。お前を俺の傀儡にするだけだ」

組んでいた脚を下ろし、クラウスは玉座から立ち上がった。

「レストレンジの王太子に手を出し、中央を引っ掻き回すだけなら見逃してやった。だが、王太子が廃され、次期国王となるベルサリオ公爵の娘を拉致する計画を立てるとは、愚かだったな」

「何故、それを知っている？　貴様は何者だ⁉」

壇上から下りて来るクラウスから離れたくとも、放たれる魔力に圧倒されて身動きが取れない。

顔を引きつらせるバルタン王の額から流れ落ちた汗が頬を伝う。

「妃の一人に迎え入れてやろうとしたのに、ベルサリオ公爵が断ったからだ、がぁっ⁉」

言い終わる前に、目にも留まらない速さで動いたクラウスの足が、バルタン国王の顎を蹴り上げた。

自分の身に起こったことを理解する前に、バルタン国王の上半身が大きく仰け反り、開いた口から血と涎が飛び散る。顎の骨が砕けるほどの衝撃を受け、白目を剥いて意識を失ったバルタン王は両手を広げた体勢で仰向けに倒れた。

さらに追撃しようと、右足を上げたクラウスの動きが止まる。

「そこまでです」

柱の陰から姿を現した長身の男性は、頭から被っていたマントのフードを外す。

「殺してはいない」

「マスター、バルタン国王にはまだ利用価値があります。やり過ぎないでください」

床に片膝をついて身を屈めたルベルトは、小刻みに痙攣するバルタン国王の顔を覗き込んだ。

「分かっている」

「傀儡ではなく潰したくなったのでしたら、さっさと処理して国王に成り代わってしまえばいいでしょう。貴方が王となるのを望んでいる方もいらっしゃいます」

溜息交じりで言い、バルタン国王に手をかざしたルベルトは、回復魔法と同時に精神干渉魔法をかける。一時的な干渉ではなく、命が尽きるまで意思を縛る強力な精神干渉魔法。

バルタン国王の額に隷属の刻印が定着したのを確認して、ルベルトは立ち上がった。

「国王に成り代わるなど面倒だ。国に縛られたら窮屈になる」

「まぁ、そうでしょうね。何だかんだ言ってもマスターは面倒見がいいですし、一度手を出してしまったら政を疎かにしないでしょう。そうなれば確実に私の仕事が増えます。バルタン国王を隷属とした後、次は何をお望みですか？」

意識を失ったバルタン国王を肩に担ぎ、クラウスに背を向けたルベルトは玉座へと向かう。

「今はまだ、国盗りをするつもりはない。だが、アデラインと婚約するために表向きの身分は必要だ。バルタン国王には、俺と金狼のために動いてもらう」

ルベルトによって、玉座に座らせられたバルタン国王を見上げて、クラウスはほくそ笑んだ。

＊＊＊

バルタン国王を陥落させてから三日後。

バルタン王国に在るアジトの奥、マスター専用の部屋の執務椅子に座るクラウスの前に立ち、目の下に濃い隈を作ったルベルトは、手に持つ報告書の束から目的の一枚を取り出した。

「マスター、手筈通り王族、貴族の記憶を書き換えておきました」

「そうか。後は、ベルサリオ公爵とアデラインに認めさせるだけだな」

「お二人の説得はマスターがやってください」

疲れを滲ませた声でルベルトが言い終わると、どこからともなく紫色の蝶が飛んで来る。

蝶は室内を一周し、ルベルトが伸ばした人差し指に止まった。

「ラザリーから連絡が入りました。アデライン嬢からの伝言で、『遅くなったから今日は会えない』そうです。マスター？」

棚の上の置き時計を見たクラウスは、無言で椅子の肘掛に手をついて立ち上がる。

「三十分後だ」

「……分かりました。三十分後、取り寄せた菓子セットと紅茶を運ばせます」

クラウスが何をしようとしているのか察し、ルベルトは一礼して部屋から出て行った。

扉が閉まりルベルトの気配が遠ざかっていくと、クラウスは部屋と外部を遮断する結界を室内に張り巡らした。

外部から侵入することも室内から外へ出ることも出来ないよう、完全に遮断した空間を作ると空中に転移魔法陣を展開していく。


パアアアー！


魔力によって描かれた転移魔法陣が金色に光り輝き出す。

魔法陣の中央から朱金色の鎖に全身を絡めとられ、転移させられたアデラインが姿を現した。

「きゃあああー⁉」

悲鳴を上げたアデラインは、空中で何か支えになる物を掴もうと手を伸ばすが、何も掴めない手は空を切る。

傾いでいくアデラインの体を、クラウスは両腕を広げて受け止めた。

「そんな格好でいるとは、俺を誘っているのか？」

「え、あっ！」

下を向いたアデラインは、慌ててボタンを外して下着が見えているブラウスの前を腕で隠す。

「今日は遅くなったから会えないって伝えましたよ。それにいつも言っているでしょう！　いきなり召喚しないでください！　今は着替え中で、もしも裸だったらどうするんですか」

「裸でもかまわない。むしろ、好都合だ」

「わたくしがかまいます！」

真っ赤に染まった顔を隠すように俯いたアデラインとは対照的に、上機嫌になったクラウスは彼女を横抱きにしてソファーへ移動する。

「そういえば、バルタンからの使節団が来るのは一週間後だったな。晩餐会でのエスコート役は決まったのか？」

「晩餐会ですか？」

一週間後、バルタン王国から来訪する使節団を歓迎する晩餐会が、レストレンジ王宮で開かれる。療養中の国王の代理で出席する父親と一緒に、アデラインも晩餐会に参加する予定だった。

「エスコート役は、エリックにお願いするつもりです」

「エリック？　お前の義弟か。俺がいるのに、他の男にエスコートさせるつもりか」

「他の男と言われても、エリックは義弟ですよ？　わたくしはヒュバード殿下と婚約解消したばかりですし、クラウスさんとのことはまだ公表していませんもの。ちょ、ちょっと」

アデラインの答えを聞き、笑みを消したクラウスはソファーの背凭れを掴み、覆い被さるように彼女の耳元へ唇を寄せた。

「俺以外の男がアデラインに触れるなど……たとえお前の義弟でも許せない。アデラインに触れた男の手が腐り落ちる呪詛をかけておこうか」

「く、腐り落ちる？　そんな恐ろしいことをしないでください」

「恐ろしいと思うならば、義弟ではなく俺を選べ」

低く甘くなるように発した声を吐息と共に耳の中へ流し込めば、近過ぎる距離に耐えきれず目蓋を閉じたアデラインは、逃れるように首を横に振った。

「クラウスさんのことを詮索する者も出てきます。お父様が国王代理として政に関わっていることで、わたくしも慎重な行動をしなければなりません」

閉じていた目蓋を開いたアデラインは、少しでも距離を空けようとクラウスの胸に手を置く。

「ヒュバード殿下が廃太子となったことで、王族に向けられる貴族や国民からの目が厳しくなっています。過激な思想を持った国民の中に、王政の廃止を求める声もあると聞きます」

「俺が何者か詮索する者などいない。いたとしたら、そんなものは排除するだけだ。アデラインは案ずることなく、俺にエスコートされればいい」

「だから、はぁ……いつも思いますけど、クラウスさんって自分勝手ですよね」

「自分勝手？　俺は自分の欲に忠実なだけだ」

諦めと呆れ混じりの表情で見上げてくるアデラインの前髪を人差し指で掻き分けて、クラウスは露わになった額に口付けた。

トントントントントン。

額から鼻先へ触れるだけの口付けを落とし、赤く色付く唇を堪能しようとした時、ドアをノックする音が響く。

「ちっ、時間切れか。制約を組み込まなければ良かった」

舌打ちしたクラウスは、赤く染まったアデラインの頬を一撫でして、彼女の上から退いた。

それから一週間後、バルタン王国から来訪した使節団を出迎えたアデラインは、使節団の代表だという貴公子の正体に気付き、呆然と立ちつくすのだった。